LA LENGUA DE BUKA

Y OTROS CASOS SINGULARES

Carlos Mellizo

 Ediciones Nuevo Espacio

Publicado por:
Ediciones Nuevo Espacio
New Jersey 07704, USA
url: http://www.editorial-ene.com
e-mail: ednuevoespacio@aol.com

ISBN: 1-930879-13-X

Indice

LA LENGUA DE BUKA

Tras las huellas de Mendaña

El habla particular de una tribu nativa de la isla de Buka, ya dentro del territorio papúa, en la Nueva Guinea, es lo que a Hortensia le había llamado desde siempre la atención. Nacida en el Bronx, de padre irlandés y madre coruñesa, Hortensia conservaba un profundo cariño por la tierra, la historia y la cultura gallegas. Un día, hojeando una enciclopedia americana, había descubierto que un paisano suyo, don Alvaro de Mendaña de Neira, había sido el primer europeo en visitar el Archipiélago de Salomón en el año 1568. Aquello la llenó a Hortensia de orgullo y curiosidad. En cuanto terminó los estudios de enseñanza secundaria, dijo que quería ingresar en la Universidad y especializarse en geografía humana y en lingüística aplicada: todo, con la esperanza de poder algún día viajar a Oceanía en homenaje al valiente explorador gallego que siglos atrás se atreviera a cruzar el Pacífico Sur con un puñado de hombres en busca de lejanas tierras. Don Alvaro había descubierto, efectivamente, aquellas islas, si bien había fracasado en el empeño de colonizarlas.

La familia de Hortensia

La madre de Hortensia era mujer emprendedora y hacendosa. Se llamaba Rosamunda. Emigró a Nueva York a los quince años contratada por una organización de empleadas del hogar. Nada más llegar a la ciudad de los rascacielos entró a servir en casa de un matrimonio judío y allí empezó a labrarse un porvenir. Trabajando duro e invirtiendo sus ahorrillos con buen ojo, Rosamunda pudo independizarse en pocos años. Como no era de mal ver, se le arrimaban los hombres y ella tenía dónde elegir. Después de salir con unos y con otros terminó casándose con un conductor de autobuses que respondía al nombre de Harry Fox y que era una excelente persona. Entre los dos -él sin dejar la carretera- abrieron una pequeña agencia inmobiliaria. Enseguida prosperaron.

Hortensia, su única hija, nació en época de bonanza económica para la familia. Rosamunda había tomado desde un principio las riendas del negocio, y todo parecía ir sobre ruedas. Pero llegó una racha de mala suerte y el tinglado de la inmobiliaria se vino abajo de la noche a la mañana. La pobre Rosamunda no podía soportar la vergüenza de hacer frente a sus acreedores. Así, que una mañana en que la mujer estaba más deprimida de lo normal, se suicidó con una sobredosis de barbitúricos. No había podido pensar en otra salida. Al morir dejó a su hija Hortensia más de doscientos mil dólares: lo que valía el seguro de vida que la difunta había comprado semanas antes de envenenarse. Era una herencia intransferible.

Como el negocio estaba a nombre de Rosamunda y de su marido, a éste le tocó pagar el pato. Harry Fox no tenía culpa de nada, pero al ser incapaz de saldar las deudas, los jueces lo mandaron a presidio por tres años, condena que, dado el hecho de que Harry carecía de antecedentes penales y de que su comportamiento dentro de la cárcel había sido ejemplar, se quedó en veinticuatro meses. Durante este tiempo su hija Hortensia no pudo hacer nada por ayudarlo legalmente. Gastarse los doscientos mil dólares del seguro en socorrer al preso hubiera sido una locura. Así lo entendió también su padre, de cuya boca no salió queja alguna. Con dieciocho años cumplidos, Hortensia comenzó su carrera universitaria. Eligió un pequeño *College* en el estado de Virginia y allí, en régimen de internado, fue alumna brillante hasta que se licenció *cum laude* en la primavera de 1956. Entonces fue cuando hizo su primer viaje al Pacífico y adquirió allí la enfermedad intestinal que habría de acompañarla prácticamente durante el resto de su vida. Cuando Hortensia se fue las Nuevas Hébridas, su padre había salido de la cárcel y vivía en un pequeño apartamento del Bronx, amancebado con una cubana que le daba de comer.

La cubana

Esta señora, con cuatro hijos, viuda, maestra de escuela, muy guapa todavía, había tenido años atrás amistad con Rosamunda. De niñas, ambas habían ido alguna vez juntas a los cines baratos de Nueva York. La cubana se llamaba Maribel Puente y era famosa por su natural alegre y hospitalario. A Harry Fox, recién salido de la cárcel, lo acogió como se acoge a un perro vagabundo. Lo vio un día andando sin rumbo por la Quinta Avenida, le invitó a un café, se lo llevó a su casa, y a partir de aquella noche durmieron juntos. Los hijos de Maribel no dijeron nada, pero a veces se sorprendían de la agitación y de los ruidos que tenían lugar cuando su madre y Harry se metían en la cama. Como el apartamento era pequeño, desde cualquier rincón se oían los gruñidos, los suspiros y las exclamaciones que salían del dormitorio donde los amancebados se hacían el amor. Aquellos sonidos daban idea de lo que tenía que estar pasando dentro de la alcoba. Aquello debía de ser el acabose. Como Maribel solía decirle al cura puertorriqueño con el que iba a confesarse todos los meses, a ella, en cuestión de sexo, le gustaban los planteamientos originales. No lo podía remediar.

Harry se quedó, pues, viviendo con su querida. Y aunque siempre tuvo en la cabeza arreglar algún viaje para ver a su hija y hablar despacio con ella, lo fue dejando, lo fue dejando, hasta que la idea perdió fuerza y acabó por desvanecerse. A Hortensia le pasó algo parecido. Entre lo de su enfermedad intestinal y lo de los estudios, terminó olvidándose de su padre casi por completo. Cuando, al cabo de muchos años, le llegó la noticia de su muerte (Harry falleció, ya septuagenario, de una pertinaz pulmonía), sólo experimentó un sentimiento muy débil y pasajero, una vaguísima sensación de orfandad que no logró penetrar la epidermis de su alma.

La enfermedad de Hortensia

Para apreciar desde su raíz las culturas oceánicas no había más remedio que recorrer los vastos y diseminados archipiélagos del Pacífico Sur. Ya se ha dicho que Hortensia realizó su primer viaje a la región en la primavera de 1956. La estudiante tenía, como también se ha dicho, una marcada vocación a la lingüística aplicada y quería dirigir sus esfuerzos al análisis sistemático de la lengua Buka. Sus consejeros académicos, de quienes se hablará más tarde, le indicaron desde el primer momento que, para entender hasta el fondo la formación y funcionamiento de aquel idioma era indispensable adquirir previamente una noción general del mapa lingüístico de la zona.

Hubo un consejero que, después de prestar atención a los proyectos de Hortensia, se atrevió a poner en duda la conveniencia de seguir aquel curso de estudio:

-Al fin y al cabo, Hortensia, la lengua Buka no la hablarán ahora en el mundo más de setenta y cinco u ochenta personas -le dijo. ¿Tú crees –añadió con tono amigable y hasta cariñoso- que merece la pena irse tan lejos, nada menos que hasta Oceanía, para investigar un sistema de comunicación oral tan escasamente utilizado? La lingüística es una disciplina de horizontes tan vastos, que dentro de ella hay infinidad de asuntos, muchos de ellos bastante más sustanciosos y prácticos que el que tú te propones estudiar.

-Es posible que tenga usted razón –respondió la chica al instante. Pero también es verdad esto otro: Si yo no desbrozo y sistematizo en una gramática la lengua Buka, ¿quién habrá de hacerlo? ¿No le parece a usted que las posibilidades de que otra persona emprenda esa tarea son escasísimas?

El consejero no tuvo nada que decir ante argumento tan contundente. Todos aprobaron el plan, y Hortensia se marchó a las Nuevas Hébridas. La última etapa del viaje tuvo que hacerla en hidroavión. Amerizar en una rada de aguas transparentes fue para ella una experiencia inolvidable. Luego cubrió a bordo de una chalupa de remos la corta distancia que la separaba de Espíritu Santo, la isla principal de un archipiélago con nombres lusitanos que también podían ser gallegos. El espectro del navegante portugués Pedro Fernández de Quirós parecía deambular todavía por aquellos parajes.

Hortensia se dio cuenta muy pronto de que había ido a parar a uno de los lugares más inhóspitos del planeta. Diluviaba constantemente sin que los termómetros bajasen de los cuarenta grados centígrados. Los nativos iban casi desnudos o desnudos por completo. Algunos, obligados a ello por los misioneros católicos presentes en las islas, iban cubiertos con livianas túnicas de colores. Estas se les pegaban al cuerpo bajo la lluvia incesante. Cada horda o tribu tenía su propio idioma, lo cual dificultaba en extremo la comunicación entre los indígenas. Para remediar esa situación, algunos grupos habían decidido utilizar un inglés macarrónico como lengua franca en la que poder entenderse.

Hortensia vivía en una choza cercana al almacén portuario en el que se vendía ron, conservas, tabaco y algunos medicamentos de primera necesidad. El dueño era un francés de Marsella que tenía el desprecio más absoluto por la población nativa. Se llamaba Marcel. Era gordo, avaro y lujurioso. A las lugareñas desprevenidas se las llevaba a la trastienda con cualquier pretexto y allí abusaba de ellas.

La joven investigadora quería hacerse amiga de los isleños y lo consiguió en parte regalándoles baratijas y adoptando algunas de sus costumbres más arraigadas. Como a aquellas buenas gentes les encantaba comer carne y pescado crudos, Hortensia quiso imitarlas y un día se dio un atracón de jureles que, al no estar ni fritos ni cocidos, contaminaron su aparato digestivo. Una solitaria se le aferró a las tripas y sentó allí plaza por mucho tiempo. Tener un parásito en el cuerpo es una de las cosas más desagradables y agotadoras que cabe imaginar, especialmente si se trata de un *Platyhelminthes Cestoda*. Estos pueden ser de mil tipos diferentes, y el de Hortensia resultó ser de los peores, un *Dyphyllobothrium Latum* que se le agarró con sus garfios al intestino grueso y por nada del mundo soltaba su presa. Al principio los síntomas no fueron muy alarmantes. Pero luego empezaron los insufribles dolores de vientre, las frecuentes diarreas separadas por intervalos de inexplicable estreñimiento, la pérdida de peso. A esto debe añadirse un brote de malaria que, gracias a la previa vacunación y a fuertes dosis de quinina y de cloroquina, no llegó ser agudo, pero que produjo en Hortensia fiebres intermitentes durante el resto de sus días.

Antes de dejar Nueva York, la estudiosa tenía que haberse dado cuenta plena de que las probabilidades de sufrir en las Nuevas Hébridas un contagio del tipo que fuere eran altísimas. En el caso de la malaria, por ejemplo, no hay lugar de la tierra en el que abunde más el mosquito encargado de trasmitir de un huésped a otro tan temible infección. El *Anopheles Plasmodium* es insecto de una omnipresencia obsesiva en todo el archipiélago.

La vida en Espíritu Santo

El conocimiento que ha solido tenerse y continúa teniéndose de las Nuevas Hébridas es muy fragmentario y escaso. Forman parte del novelero y falso mito de los "Mares del Sur" y de las "Islas de la Ilusión", tantas veces explotado por las conciencias románticas del pasado siglo. La triste verdad es que las Nuevas Hébridas no son más que una cadena de islotes montañosos situados al noroeste de Nueva Caledonia, con clima infernal y adusta geografía. Hortensia anotó que sólo en las tierras bajas cercanas al mar era posible algún tipo de cultivo, café y copra principalmente. La espesura del interior era inaccesible al visitante. Allí los nativos practicaban todavía el canibalismo y estaban en lucha constante de todos contra todos. Habían cambiado el arco y las flechas por rifles automáticos. Su afán guerrero seguía siendo igual de intenso que en épocas prehistóricas. Las mujeres, con los pechos y las nalgas al aire, sólo se tapaban lo esencial con un diminuto triángulo de fibra. Los hombres se adornaban algo más. De un cordón ceñido a la cintura colgaban plumas o helechos con los que cubrir sus vergüenzas. A Hortensia le parecía que en la desnudez indígena había una especial dignidad difícil de explicar. Conforme fueron pasando las semanas, se afirmó más y más en esta opinión.

En los brevísimos intervalos de paz tribal, las hembras trabajaban en las huertas y los varones salían a cazar cochinos. Hortensia supo que la cantidad de cochinos o puercos salvajes capturados determinaba el rango social en Espíritu Santo. Ellos eran la moneda en uso para adquirir poder, esposas y tierras. Un hombre podía gozar de cuantas mujeres quisiera, siempre y cuando tuviese puercos suficientes para comprarlas. Una esposa joven y sana valía doce puercos. La gente se mataba por estos animales. Ninguna otra cosa parecía tener un valor comparable entre los nativos: seres aurorales para quienes el progreso sólo había significado un avance en las técnicas de destrucción.

El misionero

Desde el siglo XVII, grupos de misioneros católicos habían acudido a las islas para predicar allí la palabra de Cristo. Ellos y los tratantes de café y de copra constituían la totalidad de la población blanca del archipiélago. Habían contribuido a la civilización del lugar aportando la idea de una religión monoteísta, lámparas de acetileno, perros, gatos, armas de fuego, vehículos de dos y cuatro ruedas, sífilis, tuberculosis, y dos o tres cosas más. Cuando Hortensia estaba allí conoció a un misionero, el Padre Ferreiro, que era oriundo de Santiago de Compostela. Se había hecho fraile en Pontevedra. Antes de ir a parar a Espíritu Santo, había estado unos años en Manila, de asistente sanitario en un lazareto y en varios otros hospitales y dispensarios de la Melanesia. Debía de tener el padre Ferreiro una naturaleza de hierro, como su mismo nombre daba a entender. En sus treinta y cinco años de vida se había visto expuesto a un sinfín de enfermedades horrorosas. De todas se había librado sin el menor contagio. Los Superiores de su Orden tenían una fe ciega en la resistencia biológica de este monje gallego, y por eso lo mandaban siempre a los sitios más insalubres.

Cuando Hortensia lo conoció, hacía de médico rural. En las aldeas perdidas del interior asistía partos, repartía medicinas, sacaba muelas, curaba heridas. Si había ocasión y los indígenas le dejaban, administraba los últimos sacramentos a los moribundos y les daba cristiana sepultura. Usaba un borrico como medio de transporte. Los domingos enseñaba rudimentos de inglés, catecismo y algo de aritmética a los niños que acudían a la escuela de adobe y pajas que había junto a la playa.

El fraile daba la impresión de ser persona alegre y comunicativa. Hortensia se arrimó a él para pedirle consejo médico y porque no tenía a nadie más con quien hablar en castellano o en gallego. Además, el Padre Ferreiro había aprendido algunas de las lenguas de la isla y le daba a Hortensia información de valor incalculable. Los fines de semana ella lo esperaba a la puerta de la escuela y charlaba un poco con él. Los dos recordaban cosas de Galicia. Los domingos guisaban algún plato que se pareciera algo al lacón con grelos, al pulpo al ajillo, al caldo gallego. Daban así testimonio amistoso de su paisanaje.

El fraile poseía una ardiente vocación al

apostolado. Con entusiasmo místico quitaba importancia a las privaciones y sacrificios propios de la vida religiosa.

-Eso es nada -decía-, en comparación con las satisfacciones espirituales que la entrega a los demás trae consigo. No hace falta repetir que la mies es mucha. Imitar al Salvador es un privilegio que no puede pagarse con nada. Por muchas y muy onerosas que puedan parecer las obligaciones de la renuncia, son yugo suave y carga ligera.

La chica encontraba extraño aquel lenguaje. No podía entender por qué la imitación de Cristo tenía que hacerse en soledad, por la vía del celibato y el dolor. El padre Ferreiro trataba de explicárselo con ejemplos y argumentos que Hortensia, habituada a otro modo de pensar, no llegaba a comprender del todo. Le parecían explicaciones prefabricadas, falaces.

-Entonces, ¿tú no crees que sea bueno hacer cosas por los demás, asistir a los débiles, atender a los enfermos? -le preguntaba el fraile.

-Sí, sí, eso tiene que ser bueno -reconocía ella. Pero no hace falta sumergirse en la soledad y en el olvido para ayudar al prójimo.

-Hasta cierto punto, si la hace -replicaba Ferreiro. ¿No has tenido que sacrificarte tú para alcanzar la meta que te propones?

-No es lo mismo -contestaba Hortensia.

Poco a poco, de manera inevitable, las conversaciones con el Padre Ferreiro fueron tomando un carácter más íntimo y personal. Como estos cambios de impresiones tenían lugar fuera del confesionario, el fraile experimentaba, sin aceptarlo del todo, un difuso sentimiento de culpa. Nunca había hablado tantas veces con una misma mujer.

Hortensia también se dio cuenta de que aquella relación empezaba a significar algo distinto de lo que normalmente hubiera podido esperarse.

Un día le dijo al religioso lo de su afección intestinal y lo del brote de malaria. El Padre Ferreiro recibió la noticia con evidente preocupación y le recomendó a Hortensia los mismos jarabes y pastillas que recetaba a los habitantes de la jungla. A partir de entonces se interesaba por ella con especial cuidado y le decía que terminase cuanto antes la redacción de sus informes lingüísticos para poder regresar a América y recibir allí tratamiento médico adecuado.

-Debes ir a un doctor de verdad. Aquí no los hay, y todo lo que yo pueda darte te servirá de poco.

Ella guardaba silencio y notaba que el fraile hablaba de aquella manera como si estuviera cumpliendo una obligación. Es decir, que sus palabras de consejo salían de él con dolor, y que en el fondo deseaba que ella se quedase. Al oírle Hortensia, se le formaba un nudo en la garganta y sentía que las lágrimas hacían fuerza por aflorarle a los ojos. Quería decirle al Padre Ferreiro que colgara los hábitos y se marchase con ella. Pero no se atrevía a proponerle esa locura.

Hortensia terminó su investigación preliminar. Para entonces su salud se había debilitado considerablemente, pero la estudiante había conseguido adquirir una idea bastante completa del panorama lingüístico de las islas, y podía regresar a Virginia para compartir los resultados con sus profesores. El día de su marcha, cuando le llegó el momento de despedirse del Padre Ferreiro, logró contener como pudo la emoción que la inundaba. En lugar de abrazarlo, le besó respetuosamente la mano. Sin volver la cabeza, saltó a la chalupa y le ordenó al remero que se apresurase. El hidroavión flotaba silencioso en el centro de la bahía esperando a la viajera. Y a poco de acomodarse ésta en su asiento, la hélice se puso en funcionamiento y el aeroplano se deslizó por la superficie del mar dejando tras sí una blanca estela de espuma. Sólo cuando el despegue se había consumado se atrevió Hortensia a mirar por la ventanilla y detener la vista en su amigo. Cada vez más y más empequeñecido por la distancia, Ferreiro agitaba con vehemencia un pañuelo urgiéndola a volver. Hortensia se hizo el propósito de regresar algún día a las Nuevas Hébridas para rescatar al hombre que la esperaba.

Los profesores

Con la ayuda del Padre Ferreiro, Hortensia había preparado amplios resúmenes morfosintácticos de las principales lenguas utilizadas por los naturales del archipiélago. Era de suponer que aquello la serviría para entrar con pie firme en el estudio formal del idioma Buka. Así lo entendieron también los profesores Hamilton y Evans, sus consejeros universitarios en Virginia. Ambos se quedaron más que satisfechos con aquella investigación preliminar, y coincidieron en darle a Hortensia luz verde para seguir adelante con la preparación de su tesis.

Hamilton y Evans eran dos homosexuales que vivían juntos desde hacía más de veinte años. Como tenían un natural amable y bondadoso, nadie se metía con ellos. Se ganaban el afecto y la admiración de todos los estudiantes que pasaban por sus manos. Aunque eran lingüistas, su pasión dominante había sido siempre la música sinfónica. Todavía sin conocerse, tanto el uno como el otro habían hecho un serio esfuerzo por abrirse camino en el difícil campo de la composición musical. Tenían el mismo ídolo: Modest Petrovich Moussorgsky, uno de los primeros compositores rusos que se propusieron potenciar al máximo el folklore de su país.

Moussorgsky había sido fuente inagotable de inspiración para genios tan indiscutibles como Nicolai Rimsky-Korsakov y Claude Debussy. Su temprana muerte no le había permitido alcanzar las cotas de un Beethoven, pero ahí estaba su obra para quien supiera apreciarla. Por caminos independientes, cada uno por su cuenta, Hamilton y Evans habían llegado al convencimiento de que toda la música posterior a 1881 no podía explicarse sin Moussorgsky. Cuando ambos musicólogos se conocieron en el Conservatorio, no pudieron creer que entre ellos hubiese una tan profunda afinidad de gustos. Hasta entonces, los dos habían pensado que su individual fiebre moussorgskyana era única en el mundo. Así, que cuando descubrieron aquella rara afinidad, se unieron en un enlace total. Lo de hacer de la lingüística su *modus vivendi* fue una solución de compromiso. Hamilton y Evans optaron por ella al saber que ni el uno ni el otro podrían llegar jamás a lograr aciertos musicales siquiera remotamente comparables a los de su maestro.

Dos homosexuales moussorgskyanos con aficiones lingüísticas no son moneda de ordinaria circulación. Por eso, además de por su buen carácter, los había elegido Hortensia como consejeros académicos suyos. Los quería como a hermanos, y también ellos la adoraban.

En cuanto la vieron a su regreso de las islas, se dieron cuenta de su precario estado de salud y la llevaron al médico, un buen médico especializado en enfermedades tropicales. Por desgracia, la cosa sirvió de poco, porque ya para entonces los males de Hortensia se habían hecho crónicos. Lo de la solitaria tenía arreglo, aunque quedarían secuelas molestas durante bastante tiempo. En lo referente a la malaria, la situación era peor. La única esperanza era que los períodos recesivos pudieran alargarse, pero siempre existía la posibilidad de que se presentaran crisis cuya agudeza era difícil de predecir.

Hortensia recibió estas noticias con impasibilidad estoica, y les dijo a sus profesores que, a pesar de lo delicado de su salud, iba a seguir adelante con los estudios. Su decisión era firme: regresar a las islas, ver de nuevo al Padre Ferreiro y terminar la tesis para la que se había estado preparando por tanto tiempo.

-¿Al Padre Ferreiro? -preguntaron Hamilton y Evans, casi al unísono.

Hortensia les contó entonces quién era el Padre Ferreiro y lo que había pasado entre ellos; cómo su corazón de mujer había experimentado una conmoción especial durante el tiempo en que ella y el fraile se habían visto en Espíritu Santo; cómo había agitado él el pañuelo cuando el hidroavión se elevaba sobre el archipiélago; con qué determinación se había propuesto ella volver para hablar con el hombre que la había ayudado tanto y que sin duda estaba esperándola.

-Pero tú, ¿le quieres? -se interesaron los dos profesores.

-¿Cómo voy a saberlo? -contestó ella sin poder ocultar su ansiedad y confusión. Necesito hablar con él despacio, averiguar lo que piensa, saber cuáles son sus planes, pensar qué trabajo podría hacer si al fin decidiese colgar los hábitos...

-Eso último no sería mayor problema —interrumpió Evans con la intención de animar a su discípula.

-Desde luego que no -corroboró Hamilton. Nosotros podríamos ayudarlo a encontrar aquí un buen empleo. Con un conocimiento de las lenguas malayo-polinesias como el suyo, no sería difícil meterlo en la Universidad.

A Hortensia le brillaron los ojos de alegría, y abrazó a sus dos amigos con ternura y agradecimiento. Iba a descansar en América unos meses, y en cuanto estuviera repuesta iba a volar de nuevo al corazón de Oceanía para sincerarse con Ferreiro y escribir una gramática de la lengua Buka. Eran las dos únicas cosas que podían dar sentido a su vida.

Las lenguas malayo-polinesias

En su rama oriental, el habla del Pacífico Sur se divide en tres grandes grupos lingüísticos que se corresponden con las tres divisiones geográficas conocidas con los nombres de Melanesia, Polinesia y Micronesia. Aunque las lenguas utilizadas en estas tres regiones se cuentan por centenares, el número total de hablantes no llega al millón. Se hablan idiomas melanesios en las Islas Fiji, en las Salomón, en las Nuevas Hébridas, en el Archipiélago Bismarck, en Nueva Guinea y en la Nueva Caledonia. Entre las lenguas polinesias principales figuran la lengua de Samoa, el maorí, el longano, el tahitiano y el hawaiano. Y en lo que se refiere a los idiomas polinesios, que en total vienen a ser más de ochenta, sólo el chamorro cuenta con un número apreciable de usuarios.
La lengua Buka pertenece al primer grupo. Es un idioma separado, independiente, con personalidad propia. Como él hay en la zona muchos otros, cada uno con rasgos distintos, aunque posean características comunes: gran abundancia de vocales y una notable parquedad de consonantes; tendencia a poseer raíces bisílabas y a formar derivados mediante afijos; el uso de la reduplicación para indicar el plural, etc.
Hortensia quería codificar un sistema lin-

güístico de esfera reducidísima, hablado quizá por dos o tres hordas sepultadas en un rincón perdido de las Islas Salomón; quería habérselas con una lengua cuyos hablantes, al borde de la extinción, sobrevivían precariamente esclavizados a una cultura violenta, supersticiosa y triste. Igual que los nativos de las Nuevas Hébridas, los habitantes de este otro archipiélago continuaban siendo cruelmente diezmados por la erisipela, el bocio, la disentería, el cretinismo y la malaria, amén de muchas otras afecciones inimaginables.

Meditado el asunto con calma, no acababa de estar clara la necesidad de que Hortensia se entregase con tanto ardor al estudio de una disciplina tan cuestionable. Pero llegó el momento de la partida, y la perseverante investigadora regresó a los infiernos de Oceanía. Hamilton y Evans fueron a despedirla al aeropuerto.

En busca de Ferreiro

Antes de llegar a la remota isla de Buka, su punto de destino, Hortensia quiso hacer escala en Espíritu Santo. Tras larguísimo vuelo había aterrizado en Sidney, y allí había tomado el hidroavión que daba servicio a Porto Vila y a otros puntos del Mar del Coral. Iba a ser sólo una visita breve, pero de importancia suma. Así lo entendía ella. Había pasado casi un año desde que la chica abandonase las Nuevas Hébridas, y ahora volvía para encontrarse de nuevo con el Padre Ferreiro, mirarle a los ojos y resolver el misterio. No había podido olvidarse de la urgencia con que el fraile la había instado a volver, agitando un pañuelo en el aire cuando el aeroplano ya estaba en vuelo.

Marcel, el francés rijoso que regentaba el

almacén portuario, fue el primero en reconocer a Hortensia entre los viajeros que se aproximaban al embarcadero a bordo de la vieja chalupa. Nada más echar pie a tierra, la recién llegada reconoció también al obeso y sudoroso tendero. Ella había escudriñado la línea del malecón esperando descubrir la silueta del Padre Ferreiro. No le extrañó su ausencia, pues era día laborable y lo más seguro era que el fraile metido a médico estuviese visitando a sus pacientes de la jungla.

Marcel estrechó con fabricada cordialidad la mano de Hortensia, se interesó por su salud y aseguró haber encontrado a la antigua enferma muy recuperada. Dijo que nada en la isla había cambiado en los últimos meses. Al Padre Ferreiro -añadió con un dejo de condescendiente malicia en la voz- se le veía muy poco. Pasaba la mayor parte del tiempo en la selva y apenas bajaba al poblado. Tres semanas hacía que no había aparecido por allí.

-Necesito hablar con él -declaró Hortensia con firmeza. Tengo poco tiempo. ¿Habría forma de localizarlo pronto?

-Va a ser difícil -contestó Marcel. Las aldeas del interior son prácticamente inaccesibles para quien no conozca el camino. Mejor será esperar a que él vuelva. Tendrá que hacerlo hoy o mañana, porque llega el Provincial de Nueva Caledonia. Viene en avioneta cada cuatro meses para inspeccionar la escuela.

Si quería ver a Ferreiro, Hortensia no podía hacer otra cosa que esperar pacientemente. Lo imaginó entre los salvajes, muchos de ellos cazadores de cabezas y aficionados al canibalismo. Durante años, el fraile había encontrado la felicidad en ese mundo brutal. Pero ella creía haber visto flaquear a su amigo. El propósito de Hortensia al hacer escala en Espíritu Santo era averiguar si aquella suposición suya tenía algún fundamento. Alquiló un cuchitril próximo a la tienda de Marcel y se dispuso a esperar allí al hombre que quizá estaba en esos mismos momentos pensando en ella. Diluviaba sobre la isla. Sólo muy de cuando en cuando el cielo dejaba de ser totalmente gris y se abría algún claro entre las nubes. Pero pronto volvía a encapotarse y una nueva tromba de agua golpeaba con furia aquella tierra saturada de vegetación. Tras el largo viaje, Hortensia se sentía febril y cansada. Tendida en el camastro de su habitación, se preguntó si aquella vuelta en busca de Ferreiro merecía realmente la pena. ¿No hubiera sido mejor olvidarse de él, ir directamente a las Islas Salomón, dar fin a sus trabajos lingüísticos y volverse a Virginia cuanto antes?

Los temores del Provincial

El Provincial llegó al día siguiente. Era un holandés alto y corpulento, con más aires de empresario que de cura. El mismo pilotaba la pequeña avioneta que vino a posarse en la pista de tierra que algunos colonos habían abierto en la linde de la selva.

Extrañado de no ver a Ferreiro, se interesó por su paradero y trató de ocultar su alarma cuando le dijeron que llevaba tres semanas en el interior y que no se habían tenido desde entonces noticias suyas.

Todo el mundo sabe que las junglas de Oceanía pueden ser un laberinto sin salida. Peligros naturales aparte, hay que contar con el que supone tener que habérselas con grupos étnicos que todavía hacen del canibalismo un ritual sagrado. Es también sabido que las víctimas de estas ceremonias siempre se buscan entre gente forastera.

El Provincial se temía lo peor. ¿Habrían decidido los nativos sacrificar al fraile y comer de su carne para absorber de este modo sus poderosas virtudes personales? El buen Ferreiro era muy respetado por los indígenas del archipiélago, y eso, paradójicamente, significaba para él el mayor peligro. En cierto modo, el canibalismo era un irónico signo de respeto y sumisión.

También era el Provincial consciente de otra práctica isleña igualmente tenebrosa: la de cortar cabezas humanas para exhibirlas después como trofeos, como pruebas de coraje tribal. ¿Habría sido la cabeza de Ferreiro el objetivo de algún joven guerrero deseoso de hacer méritos para obtener así a la mujer deseada? Sólo tras consumar una hazaña de este tipo podían los mozos de ciertas tribus acceder al matrimonio; sólo cuando mostraban públicamente, en lo alto de la pica, una ensangrentada testa humana, podían entrar legítimamente en relación sexual con la hembra de su gusto.

En un principio, el Provincial no quiso hacer a nadie partícipe de sus inquietudes. Decidió disimular lo mejor posible y prolongar su estancia en Espíritu Santo por unos días, poniendo como excusa la supervisión de unas reparaciones que el modesto edificio escolar precisaba con urgencia.

Incertidumbre

Al ver que el Padre Ferreiro no llegaba, Hortensia se sumió en un honda depresión. Además, la presencia del Provincial en la isla iba a dificultar sobremanera el que ella y el fraile, caso de que éste volviera, pudiesen verse a solas y hablar con calma. Fueron días de una ansiedad indescriptible. Las tensiones del momento habían provocado en la joven enferma una crisis somática de consideración. Volvían las fiebres. La malaria crónica que anidaba en su sangre le producía intermitentes escalofríos y copiosos sudores. Sólo cuando aquellos episodios remitían, le era posible dejar la pieza y salir a respirar la brisa marina. Paseaba por las cercanías del embarcadero. A veces entraba en el almacén del francés y cambiaba impresiones con él, pero sin comunicarle nunca sus verdaderas inquietudes. Allí coincidió una tarde con el Provincial. Al enterarse éste de que Hortensia era gallega y de que había hecho amistad con Ferreiro durante su anterior estancia en la isla, se la llevó a un aparte y le dijo en inglés:

-Con usted puedo hablar abiertamente. Llevo muchos años en estas regiones y sé que de cuando en cuando puede haber entre los nativos brotes de exaltación mágico-religiosa. Temo por la vida de Ferreiro. Su carácter benevolente y generoso puede haber despertado en algún alma fanática fervores de índole sacrificial.

-¿Qué quiere usted decir? -se interesó Hortensia, asustada.

-Muy sencillo. Es posible que un rito canibalístico haya tenido lugar en el corazón de la jungla, y que el Padre Ferreiro haya sido la víctima de turno. Ceremonias de este tipo no suceden ya con mucha frecuencia, pero suceden. Hay en estas gentes una herencia atávica que es prácticamente imposible de extirpar.

-¿Está usted convencido de que el Padre Ferreiro ha perdido así la vida? -pudo preguntar Hortensia en un hilo de voz, haciendo por contener los sollozos.

-No, no lo estoy -respondió el Provincial al instante. Sólo el tiempo y la suerte podrán ayudarnos a saber la verdad.

-¿Cuánto tiempo?

-¡Qué se yo! Pueden ser días, semanas, quizá años...

Hizo el Provincial una pausa y añadió en tono sombrío:

-Además de lo que la pérdida de Ferreiro podría significar para quienes lo conocíamos personalmente, imagine usted el enorme problema doctrinal que un suceso así traería consigo. ¿No serían las propias enseñanzas católicas por él impartidas las causas, siquiera indirectas, de tamaña tragedia? ¿Cómo asegurarse de que nuestra teología sacramental, muy especialmente el Misterio Eucarístico, no habría tenido nada que ver con todo ello?

Hortensia prefirió no prestar mucha atención a lo que el turbado Provincial decía con lenguaje tan farragoso. Hubiera querido tener allí a Hamilton y a Evans para pedirles consejo. No quería marcharse sin ver al fraile, aunque fuese por última vez. Pero tampoco podía aguardar su regreso indefinidamente. De hecho, cabía la posibilidad de que Ferreiro estuviese muerto y de que su cuerpo hubiera sido salvajemente consumido por unas bocas supersticiosas que creían en los efectos milagrosos del canibalismo ritual.

Haciendo un esfuerzo por ver las cosas con la mayor imparcialidad posible, logró concluir que, aunque le costara trabajo, lo más razonable era abandonar las Nuevas Hébridas inmediatamente. Tomaría el hidroavión de por la mañana y continuaría viaje a Bougainville y a Buka. Pues aun suponiendo que Ferreiro saliese ileso de la foresta, ¿cómo adivinar si iba a estar dispuesto a jugárselo todo por una mujer enferma? ¿Cómo saber de antemano si iba a tener agallas suficientes para abandonar su estado religioso, sus garantías de salvación eterna, y marcharse con ella para siempre? Una cosa era que Ferreiro se hubiera permitido jugar con fuego, y otra que demostrase la entereza, la valentía y el entusiasmo necesarios para dar aquel gran salto en el vacío.

Rumbo a Bougainville

Mientras cubría en chalupa la corta distancia que separaba el embarcadero del blanco hidroavión, Hortensia sintió que se le hacía un nudo en la garganta. Había evitado despedirse del Provincial, y sólo había cruzado dos palabras de adiós con Marcel, el tendero. A él le había entregado un sobre cerrado con el encargo de que se lo diera a Ferreiro si éste regresaba. El sobre contenía una breve nota en la que Hortensia informaba al fraile de sus planes y le indicaba dónde poder encontrarla si se decidía a ir en su busca.

Sobrevolando aquella esquina lejana del Océano Pacífico, Hortensia se preguntaba seriamente si los pasos que hasta entonces había dado en su vida no estarían llevándola a la destrucción. De pronto se acordaba de su madre, de la difunta Rosamunda que, antes de suicidarse, había comprado la póliza de seguros con la que Hortensia había resuelto su problema económico. Le agradecía aquella ayuda. Pero ese mismo dinero había hecho también posible que la joven se embarcara en aventuras lingüísticas de dudosa utilidad académica y (preciso era reconocerlo) de funestas consecuencias personales: su cuerpo había sufrido daños irreversibles; su alma temía ahora la más que probable pérdida de Ferreiro, un fraile gallego de quien creía estar enamorada.

Buka

Y por fin, la Isla de Buka. La viajera supo muy pronto que aquél iba a ser un agujero todavía más sucio y profundo que el de Espíritu Santo. También las lluvias eran allí torrenciales y constantes. También la insalubridad del lugar amenazaba con quebrantar la resistencia del más fuerte. En cuanto a los nativos, en poco o nada se diferenciaban de los habitantes de las Nuevas Hébridas. Si acaso, todavía más primitivos y salvajes. Era difícil ver en ellos un gesto de abierta y duradera alegría. La brutalidad de la naturaleza había hecho mella en su entendimiento y en su voluntad. Quizá los más viejos estuviesen apegados a sus costumbres, a sus ritos, a su miserable modo de existencia. La moderna antropología se empeñaba en defender las tradiciones de aquellos pueblos como si se tratara de defender paraísos de armonía, de felicidad y de abundancia. Pero ese mito rousseauniano que Hortensia había abrazado antes con tanta pasión, se desmoronaba ahora ante la evidencia dolorosa que presentaban aquellos ejemplares prehistóricos, a punto de extinguirse de la faz del mundo, aniquilados por la enfermedad, el hambre y la guerra. Todos los que podían se escapaban en busca de mejor vida.

Con la misma aplicación y disciplina de siempre, la laboriosa investigadora fue haciendo progresos en su trabajo, apenas sin contactos con las poquísimas personas de extracción europea que residían en la isla: algunas familias de colonos, los misioneros de rigor y una pequeña guarnición militar. Terminada su diaria cosecha de datos lingüísticos, se recluía en su cubil y ordenaba las notas de la jornada. Cada fin de semana se acercaba paseando hasta la playa y esperaba la llegada del hidroavión. Buka era la última parada del recorrido.

Desde allí el aparato iniciaba el itinerario de vuelta a Bougainville, a Espíritu Santo, a Porto Vila y, finalmente, a la costa continental. Cada vez que Hortensia veía a los pasajeros descender por la recia escala de cuerda y acomodarse en la barca de transbordo, los escudriñaba buscando entre ellos un rostro familiar. Fueron muchas las esperas en vano, pero, por fin, una tarde pudo reconocer a uno de los viajeros. Al hacerlo le dio un vuelco el corazón. Para entonces, su tesis sobre el habla de Buka, o para ser más exactos, sobre una de las múltiples hablas de Buka, estaba prácticamente terminada. Hortensia se encontraba en situación de poder regresar a Virginia en cuanto quisiera.

Rumores

Cuando Marcel logró poner los pies en el embarcadero, el sudor le empapaba las axilas y la espalda. Era el último día de febrero de 1958. Había pasado casi un año desde que Hortensia abandonara Espíritu Santo. En ese tiempo, el tendero marsellés había cambiado poco. Continuaba siendo un tipo blando, metido en carnes, con la mirada turbia del hombre vicioso. Hortensia se acercó a él y trató de ser cordial en sus palabras de saludo. Supo al instante que el recién llegado venía a Buka para hablar con ella. Entraron los dos en el único bar-almacén que había frente al muelle y buscaron una mesa. Con insoportable acento francés, Marcel explicó que venía en visita de cuarenta y ocho horas. Sin otro preámbulo, informó a Hortensia mirándola fijamente a los ojos:

-De Ferreiro no se ha sabido nada. Abrí el sobre que usted me dio para él y leí su nota...

-¿Nada? -inquirió ella con impaciencia. ¿Nada en absoluto?

-De cuando en cuando llegan rumores de la selva, pero es imposible confirmarlos. Son rumores contradictorios. Unas veces hablan de un Ferreiro sano, haciendo vida en común con los nativos, desnudo como ellos, participando en sus cacerías, en sus ritos y en todo lo demás. Se dice que se ha vuelto loco, que ha tomado mujer o mujeres, y que por voluntad propia ha sido circuncidado públicamente, según la costumbre establecida en estas partes...

Marcel se interrumpió y miró a Hortensia como si estuviera pidiéndole licencia para seguir. Ella asintió con la cabeza.

-Hay también otras historias -continuó. Por ejemplo, que Ferreiro murió ahogado al zozobrar la canoa que lo llevaba corriente abajo a una aldea ribereña, y que su cuerpo no ha podido encontrarse todavía. Circula también otra especie, la más tremenda de todas: que el desaparecido fue víctima de un acto de canibalismo, y que su cabeza, clavada en lo alto de una pértiga, preside un claro de la selva. ¿A quién creer?

El francés hizo otro silencio, se aclaró la garganta y agregó bajando la voz:

-Yo, personalmente, me inclino a pensar que Ferreiro está vivo y que su regreso a la costa es sólo cuestión de tiempo. El Provincial lo da por muerto y ha nombrado ya un sustituto. Pero se equivoca. Ferreiro vive.

-¿Por qué dice usted eso?

-No sé; tal vez una corazonada.

-¿Una corazonada sin ningún fundamento?

-Con fundamento más que suficiente: Ferreiro tiene buen conocimiento de estas islas y de sus gentes. Cuenta, además, con una personalidad carismática y es popular entre los nativos. Lo más probable es que esté atravesando una crisis transitoria, quién sabe si provocada involuntariamente por usted misma.

-¿Por mí?

-Sí. Conmigo es inútil tratar de esconder la verdad. Sé que entre ustedes hay un asunto pendiente. ¿Me equivoco? La vida en estas islas es así.

Hortensia se había quedado pensativa. Como si sonara lejos, oyó la voz de Marcel que decía:

-¿Querría usted venir a Espíritu Santo y esperar allí a ese hombre? La razón de mi presencia en Buka es sacarla a usted de aquí. Véngase conmigo. Le repito que Ferreiro ha de volver, y pronto. En una de las dependencias anejas al almacén tengo una habitación libre. Si decide usted venir, podrá alojarse allí el tiempo que quiera.

La decisión de Hortensia

Aquella noche volvieron las fiebres. Sólo con el amanecer y gracias a una triple dosis de quinina pudo Hortensia pensar con alguna claridad. ¡Qué absurdo era todo! Se veía atrapada en un dilema sin solución satisfactoria. Si volvía a América, ¿qué futuro la esperaba? Quizá al amparo de Hamilton y Evans encontrase trabajo en las aulas y lograra asegurarse un porvenir seguro, aburrido y mediocre. Se aferraría entonces a su profesión y exhibiría sus méritos como el indio a quien le han quitado todo lo demás y exhibe orgulloso sus plumas. Pero sabía que en América iba a estar fundamentalmente sola. Además de sus homosexuales amigos moussorskyanos que la cuidarían como se cuida a un pájaro exótico y frágil, ¿quién iba a interesarse por ella? Afectada de un mal crónico, reacia a mezclarse con la gente, de carácter retraído y costumbres librescas, ¿cómo esperar otra cosa? Viviría ensimismada, encerrada en su cascarón, censurándose por no haber tenido valor suficiente para jugar hasta el final la carta de Ferreiro. Pero si se quedaba en las islas, su futuro era todavía más incierto; en las islas, y a la sombra de un Marcel cuyas intenciones no estaban nunca claras. Verdad era que lo de esperar a Ferreiro no podía ser cosa que se prolongara indefinidamente. Tendría que ser una espera razonable, un máximo de dos o tres meses: el tiempo necesario (se dijo) para pasar sus notas a limpio y redactar los resultados de su investigación. El clima, el aislamiento y la lejanía del Pacífico eran sus enemigos, pero iban a ser (volvió a decirse) dos o tres meses nada más. Se quedaría, pues. Tal decisión parecía ser la más acertada.

Aquella misma mañana le comunicó a Marcel que se volvía con él a Espíritu Santo, sólo por una corta temporada. En lugar de alojarse en la dependencia del almacén, alquilaría un cuarto por su cuenta, el mismo que había ocupado antes, un lugar donde pudiese trabajar a solas y dar fin a la composición de su gramática.

El baile de la caracola

La vuelta de Hortensia a Espíritu Santo coincidió con la visita de un grupo de bailarines de Lorengau, en el Archipiélago del Almirantazgo. Iba a haber fiesta en la playa, y acudían hombres, mujeres y niños de las aldeas más próximas. Hortensia quiso asistir también. Siempre le habían gustado las danzas tradicionales de la región. Aquella noche, el plato fuerte iba a ser el baile de la caracola, del que Hortensia había oído hablar alguna vez. Cuando le llegó el turno a esta danza, los presentes estaban ya animados. Atabales, sonajas y zampoñas habían sonado por más de tres horas, y una como borrachera rítmica se había apoderado de la gente. Hortensia había participado en todo ello animada por un Marcel solícito y simpático, con ganas de pasarlo bien. En su compañía presenció por vez primera aquella danza singular. Un bailarín desnudo, alto y fornido, adornado con brazaletes, anillos y collares, se había arrollado al pene un cordel. Del extremo de éste colgaba, a modo de péndulo, una caracola de mar. Al moverse las caderas del hombre, cordel y pene oscilaban briosamente de un lado a otro. Luego los movimientos se hacían cada vez más espectaculares y complejos: saltos, piruetas, volatines, etc. Cada nuevo paso afectaba la trayectoria del cordel de un modo diferente. Unas veces era vertical, otras circular, otras sinusoidal, a modo de serpentín. La variante que el público encontraba más divertida era la que daba a la cuerda un impulso hacia atrás. El bailarín abría entonces las piernas y dejaba pasar entre ellas la caracola, la cuerda, el pene y los testículos. Apretaba después los muslos, con lo cual pene y testículos se ocultaban a la vista de un observador frontal. Una completa, cómica e incruenta suerte de castración había tenido lugar, y los presentes se desternillaban de risa ante efecto visual tan extraordinario. Durante todo el baile no cesaba el tam-tam de los tambores. Al resplandor de las fogatas se veían los alegres rostros de la multitud, las bocas abiertas en grandes carcajadas que dejaban al descubierto poderosas ringlas de dientes blancos.

Aquella noche Hortensia se divirtió como no lo había hecho en mucho tiempo. Marcel la acompañó a su choza y se despidió de ella con un afable "Buenas noches".

Asuntos de contabilidad

Todos los días, nada más levantarse de la cama, Hortensia se ponía a ordenar sus notas y a redactar el texto en gruesos cuadernos de espiral, con cuidadosa caligrafía. Siempre a la espera de Ferreiro, salía a la caída de la tarde y paseaba por la playa. A veces, Marcel se hacía el encontradizo con ella:

-Volverá el fugitivo -le decía a la chica, leyendo su pensamiento. Ya verá usted cómo no me equivoco. El día menos pensado lo vemos salir de la selva como si no hubiera pasado nada.

Marcel, que también padecía de malaria, se interesaba por la salud de su amiga y le proporcionaba nuevos remedios para controlar la fiebre.

Hortensia había escrito a Hamilton y a Evans hablándoles de su retraso. A ellos no les había gustado la idea, pero nada podían hacer para que su protegida cambiase de opinión.

Lo de aguardar el más que improbable regreso de Ferreiro fue convirtiéndose para ella en una importante razón de ser. Si en algún momento la asaltaban el desaliento y la duda, se decía a sí misma que, por lo menos, algo estaba claro en medio de tanta confusión: su papel de mujer que pone los medios para resolver un misterio.

Un día, Marcel le dijo que la administración del almacén le costaba cada vez más esfuerzo. Se confundía con los números. Le pasaba ahora lo que no le había pasado nunca: que con frecuencia no le salían las cuentas. ¿Podría ella ayudarlo? Naturalmente, él estaba dispuesto a pagar aquel trabajo.

Como sólo iba a ser cosa de unas semanas, Hortensia accedió a lo que el otro le pedía.

Lo demás llegó de modo natural. Los dos se veían diariamente y repasaban juntos las cifras del negocio. La repulsión primera que ella había sentido hacia el francés había ido desvaneciéndose con la costumbre de verlo tan a menudo. Después de todo, no parecía ser mala persona. Con ella sólo había tenido buenos gestos y generosas atenciones. Hortensia empezaba a sentirse cómoda en su presencia. Ahora no le importaba quedarse a solas con él. Iba cobrándole un extraño afecto. Cuando hablaban de Ferreiro, Hortensia reconocía que las posibilidades de que el fraile volviera iban siendo cada vez más remotas. Marcel se encogía de hombros, como queriendo dar a entender que no era fácil tener nada por seguro a ese respecto.

El día en que Hortensia concluyó la redacción de sus cuadernos, ella y el tendero lo celebraron tomando unas copas. Hortensia dijo que, terminada su gramática, le había llegado el momento de regresar a Virginia. Pero lo afirmó sin convicción. Se encontraba a gusto allí. De hecho, no habló para nada de arreglar los billetes. Los dos habían bebido un poco de más, y la velada terminó en la cama de Marcel, ambos desnudos bajo el mosquitero, con una Hortensia silenciosa y dócil, feliz al sentirse acompañada por un hombre que, abrazado a ella, le prometía lealtad.

-Aquí siempre, Hortensia, conmigo -le dijo al oído. La vida en Espíritu Santo es menos horrorosa que en otros sitios. En América no hay nadie que pudiera darte lo que yo te doy. Y en cuanto a Ferreiro, caso de que no esté muerto, ¿qué ibas a hacer tú viviendo con un fraile?

Oyendo el fragor de la lluvia torrencial que azotaba las tablas del almacén, Hortensia dejó que su imaginación repasara vertiginosa todos los posibles desenlaces de aquella nueva aventura. De las pocas que le habían acontecido, ésta parecía ser la más previsible, constante y segura.

El penitente

El Padre Ferreiro tardó tiempo en volver. Cuando lo hizo, venía envuelto en harapos, flaco y cetrino. Sin cruzar palabra alguna con los aborígenes que salieron a ofrecerle comida y agua, se dirigió a la capilla de la Misión y pidió que hicieran llamar al Provincial. Lo esperó arrodillado ante el tribunal de la penitencia, dando grandes señales de arrepentimiento.

El Provincial llegó a las pocas horas y guardó el prescrito sigilo sacramental acerca de lo que oyó en aquella confesión. Si hubiera decidido quebrantarlo sacrílegamente, todos los habitantes de la isla habrían sabido que Ferreiro se había ocultado en la jungla por voluntad propia. Durante año y medio había vivido en soledad, imitando al Bautista, comiendo miel silvestre, cigarras, peces de río y frutos de la tierra. De este modo había querido limpiar la culpa que sentía por haber deseado ardientemente a una mujer. Sólo flagelando su carne y fortaleciendo su espíritu con la oración creía poder ser merecedor del perdón divino. Por eso se había escondido en el corazón de la isla por tanto tiempo.

La naturaleza de Ferreiro era tan robusta, que en cosa de días pudo volver a desempeñar las habituales obligaciones de antes. Expresamente le había pedido al Provincial licencia para quedarse en Espíritu Santo y terminar allí sus días. Tanto insistió en ello, que el Provincial acabó cediendo. Negarle a Ferreiro su ruego hubiera significado poner en duda la sinceridad de su arrepentimiento y la fuerza de su voluntad. De alguna manera, ver de nuevo a la mujer de sus tentaciones sería para el fraile la más dura penitencia.

Marcel y Hortensia supieron inmediatamente que Ferreiro había vuelto, pero sólo lo vieron al cabo de unas semanas, cuando el fraile entró en el almacén para adquirir un nuevo par de sandalias. Al encontrarse, los tres se miraron por unos segundos, sin saber qué decir. Por fin, el tendero se decidió a romper el hielo:

-Bienvenido, Padre. Lo hemos echado a usted mucho de menos. Le presento a mi mujer.

Ferreiro estrechó la mano que ella le tendía, y dijo con naturalidad:

-Encantado de conocerla.

Pagó la mercancía, se dirigió a la puerta y salió afuera.

Marcel notó que Hortensia seguía al fraile con los ojos hasta perderlo de vista bajo la lluvia. Otra vez se habían cerrado las nubes y caían espesas mantas de agua sobre la isla. Sin poder contener un acceso de ira, levantó del mostrador una pesada garrafa de vino y la arrojó con furia contra el suelo del almacén. Hortensia permaneció inmóvil, con la mirada fija en el exterior.

El fin

Marcel, tras estrellar la garrafa de vino contra las baldosas del establecimiento, se enfrentó con Hortensia y le dijo agitando los puños y haciendo por contener las lágrimas de ira que se le venían a los ojos:

-¿Todavía pensando en el fraile? Lo que he hecho por ti, las noches que hemos pasado juntos, la seguridad y el cariño que te he dado, ¿no han sido suficientes para apartar de tu cabeza el recuerdo de ese loco?

-Nada tienes que temer -respondió ella sin apenas levantar la voz. Seguiré contigo hasta la muerte.

-¿Qué significan, entonces, esas miradas?

Hortensia se encogió de hombros y no contestó.

Aquella noche le resultó difícil conciliar el sueño. Tuvo, además, un acceso de fiebre, que sólo disminuyó con la fuerte dosis de quinina que Marcel le administró con prontitud. En los días que siguieron, no se apartó del lecho de la enferma, de la mujer que había venido a significar todo para él. Hortensia mejoraba físicamente, pero Marcel se daba cuenta de que una herida honda, tal vez incurable, se había abierto en el alma de su compañera. Ya no era la misma, a pesar de que se había recuperado de la crisis febril y podía participar de nuevo en la administración del almacén.

Con regularidad ejemplar le llegaban a Hortensia desde Virginia cartas de Hamilton y Evans interesándose por su suerte. No podían comprender por qué una alumna tan aplicada y brillante había decidido enterrarse en vida. La instaban a volver, a reintegrarse en la comunidad académica de la universidad en la que profesaban y en la que ella, si así lo deseaba, podría tener un trabajo fijo con futuro prometedor.

Hortensia ni siquiera acusó recibo de aquellas misivas generosas y nobles. Era como si una incapacidad afectiva hubiese paralizado en su conciencia los normales resortes del agradecimiento y del deber. Siempre en silencio, fue descubriendo y aceptando la verdad que había temido desde hacía tanto tiempo: nunca sería feliz. Las lenguas oceánicas habían sido para ella un misterio que ahora, en buena parte resuelto, no tenía ya fuerza suficiente para arrastrarla. Ferreiro también hubiera podido ser el objetivo enigmático capaz de mantenerla en pie, pero la infatuación mística había apartado a aquel hombre del mundo de los mortales. En cuanto a Marcel, sólo cabía calificarlo de accidente sin importancia en su vida. A veces, ella y Ferreiro coincidían en la isla y sus miradas se cruzaban. Hortensia hacía por descubrir en aquellos ojos grises alguna señal de que, por lo menos, el monje recordaba algo de lo que había sido su antigua relación con ella. La pobre mujer intentaba comunicarle visualmente aquél momento pretérito en que él, de pie sobre las tablas del muelle, siguiendo el vuelo del hidroavión, había agitado un pañuelo en el aire instándola a que volviera. Pero él conservó su frialdad de hielo. Jamás asomó a sus ojos el más pequeño rescoldo de calor, ni siquiera el día en que lo llamaron para asistir a la enferma con los últimos óleos y para recitar ante su fosa los prescritos responsos.

EL DINOSAURIO DE MONTERROSO

A mis amigos hermeneutas, de corazón.

Señoras y señores:
EL DINOSAURIO
Cuando despertó, el dinosaurio todavía estaba allí.

Fin

Este microcuento que acabo de leerles, del escritor guatemalteco Augusto Monterroso, ha gozado de fama sigular entre los aficionados al género narrativo. No cabe duda de que su misma brevedad lo hace interesante, pues quizá sea el más breve de los cuentos breves que jamás se hayan escrito. Su valor de originalidad radica, no tanto en lo que el cuento dice, como lo que con él se sugiere. Debido a su parquedad y laconismo –virtudes clasicistas que de pronto hacen su aparición en el contexto posmoderno al que la pieza indudablemente pertenece- queda abierto, no a una, sino a múltiples lecturas de cuyo larguísimo elenco quisiéramos dar aquí botón de muestra.

Probablemente la lectura más obvia y directa sería ésta: Un personaje (no nos preguntemos ahora si es hombre o mujer, la diferenciación sexual del protagonista tendrá más importancia en alguna de las interpretaciones que quedarán registradas más abajo) ha estado durmiendo por un cierto tiempo. Ha soñado que un dinosaurio, un *lagarto terrible* -recuérdese la etimología del término- ha hecho acto de presencia en su vida. En pleno siglo XX, este animal prehistórico ha venido a atacarle, y el personaje, tratando de evitar una muerte horrorosa, ha despertado para librarse de las garras de su enemigo. Mas cuando sale de su sueño para volver a la realidad, ve con espanto que el dinosaurio de la pesadilla es un bicho de carne y hueso, una presente realidad física de la que va a ser incapaz de zafarse. Anticipamos la muerte segura del personaje, precedida de momentos angustiosos; comprendemos su pasmo y frustración cuando se da cuenta de que no hay escape posible. ¿Influencias? Estamos ante un cuento fantástico en el que sueño y vigilia se entremezclan para dar un resultado sorpresivo e inquietante, muy en la tradición borgeana y cortazariana, como muchos de ustedes habrán sabido colegir.

Una lectura más graciosa que la anterior, sin abandonar la línea mágica que hace un momento apuntábamos, nos presentaría al personaje despertando de un sueño en el que no había dinosaurio alguno. No, no se impacienten ustedes, porque ahora mismo voy a explicarme. Pensemos en un sueño dulce, sosegado, reparador, poblado de delicadas imágenes. De pronto el durmiente sale de esta grata ensoñación, sólo para comprobar que el dinosaurio, un dinosaurio que, por lo visto, ya estaba allí cuando nuestro personaje se echó a dormir, continúa en el mismo sitio. Esta lectura tiene, como digo, un sesgo humorístico, en el sentido de que nos presenta un mundo acostumbrado a la presencia real de dinosaurios. El personaje, indiferente a la circunstancia de que un reptil enorme y feroz está sentado a su vera, se echa a dormir como si tal cosa, sin importarle en absoluto la proximidad de criatura tan temible. ¿No es cómico ese contraste? ¿No nos produce hilaridad lo grotesco de la situación? Ya inmersos en este discurso -desde luego imposible cronológicamente-, podemos dar un paso más y aventurar que personaje y dinosaurio son amigos. Tal vez la relación entre ellos es la que suele darse entre un amo y su perro, o entre un domador y su fiera. *A lo mejor se trata, en efecto, de un domador de dinosaurios.* Elaboremos sobre esta posibilidad: poco antes de la actuación circense en la que ambos van a actuar, el domador ha decidido echarse una siesta al lado del bicho; y cuando despierta, comprueba con alegría que su inseparable y fiel compañero sigue donde estaba. Imaginemos la desesperación del pobre hombre en caso contrario; su ansiedad y desconsuelo si el dinosaurio hubiese decidido abandonarlo para siempre, comprometiendo así su *modus vivendi.* Hemos de tener claro que sería difícil para esta persona buscar otra manera de ganarse el sustento, siendo la doma de dinosaurios, muy probablemente, una de las artes más exigentes y sacrificadas que cupiera imaginar, de un especialismo acaparador y absorbente, incompatible con cualquier otro tipo de ocupación.

"Pero hay todavía más. Caben posibilidades distintas si jugamos con la identidad del durmiente. Pues, ¿no podría ser éste *otro dinosaurio?* En caso afirmativo, el narrador estaría limitándose a contarnos un hecho sobremanera trivial: el despertar de un dinosaurio que, como es lógico, vive entre otros ejemplares de su misma especie y cuando abre los ojos ve cerca de él a uno de sus hermanos. No es ésta, desde luego, la mejor lectura, pero sí tan legítima como las otras y como la que nos presentaría (volviendo ahora a un durmiente humano) la siguiente situación: la de un niño, por ejemplo, que tiene un dinosaurio de juguete, un objeto con forma de dinosaurio, y que cuando despierta observa con alegría que el animalito está todavía allí, en su mesilla de noche, sin que nadie se lo haya quitado. Podría muy bien tratarse de uno de esos dinosaurios de goma, pintados de verde, que se ven en muchos escaparates y que suelen estar rodeados de otras especies igualmente artificiales: tortugas, culebras, pulpos, ranas, etcétera.

Pero supongamos que el término *dinosaurio* es una expresión metafórica y que el narrador está refiriéndose a un individuo humano que por sus características físicas o temperamentales merece que se le atribuya ese nombre. ¿No hemos conocido todos al tipo dinosáurico? Amenazador, grande, pelmazo, incapaz de hacer distinciones, dispuesto siempre a reaccionar de manera violenta, desconocedor de los buenos modales y de la palabra conciliadora o cortés. Sí, rara será la persona que no haya tenido contacto con gentes de esa clase: energúmenos enamorados de la acción directa, del golpetazo y del mordisco. Pues bien, el dinosaurio del cuento bien podría ser uno de ellos. A lo mejor el durmiente estaba participando en una reunión de sociedad a la que habían asistido varias personas, entre ellas un individuo especialmente agresivo, desagradable y cargante. Aburrido por las impertinencias de este Heliogábalo, el protagonista se retira a un rincón y da un par de cabezadas; y cuando despierta comprueba con desmayo que el dinosaurio no se ha marchado, que todavía está allí, aguando la fiesta y estorbándolos a todos. Más esperanzadora sería una lectura policial del cuento: un delincuente ha sido prendido por la autoridad y cumple su condena tras los barrotes de una celda; el carcelero dormita a la puerta del calabozo, y cuando despierta (quizá sobresaltado por no haber sabido permanecer alerta durante su turno de servicio), se tranquiliza al ver que el preso, es decir, el dinosaurio no se ha escapado. O quizá el valor metafórico del término no tanto se refiera al carácter y modales de la persona, como a su asombrosa ancianidad. A lo mejor el dinosaurio de la historia es uno esos vejestorios que *todavía* se arrastran por el mundo desafiando toda regla biológica imaginable; una de esas reliquias prehistóricas que, a pesar de verse constantemente asaltadas por enfermedades y achaques, no acaban de hincar el pico. Vuelvo a preguntar: ¿quién no ha visto alguna vez estos ejemplares de museo? ¿Es que no les viene como anillo al dedo el apodo de marras? ¿No son, efectivamente, dinosaurios que han sobrevivido milagrosamente los estragos del tiempo?

Y llegamos al discurso sexual. Porque como habrán podido ustedes imaginar, esta opción no podía quedar excluida de nuestro repertorio. Hacerlo sería ignorar una constante que, salvo rarísimas excepciones, forma parte de toda modalidad contemporánea de expresión artística. No soy yo, precisamente, un abogado del pansexualismo ni un devoto de Freud. Pero reconozco el acierto, siquiera parcial, de sus afirmaciones. Ahora se trata de una mujer que despierta. Su hombre sigue allí, en la cama; un hombre al que, no sabemos si peyorativa o afectuosamente, ella ha dado en llamar *dinosaurio*. El apelativo podría revelar dos actitudes antagónicas: o bien la mujer detesta la brutalidad y torpeza sexuales de su compañero, o bien se deleita en su extraordinaria virilidad. Puede que la palabra sea un eufemismo para referirse a la magnitud de los atributos masculinos del tipo. En este segundo caso, la recién despertada recuerda el encuentro coital que horas antes ha tenido con su voluminoso Romeo, y se afirma en su dicha de hembra vaginalmente satisfecha. A su lado, durmiendo aún, descansa la dulce bestia. La mujer lo siente respirar, palpa su enorme cuerpo para cerciorarse una vez más de que el titán no se ha ido. Rápidas imágenes eróticas cruzan el magín de la enamorada: erecciones permanentes, magníficos falos, enormes redondeces testiculares. En fin, para qué seguir.

"Quedan aún por mencionar, en esta provisional enumeración de lecturas, la patológica y la que, por falta de mejor fórmula, podríamos calificar de filosófico-existencial. Si optamos por la primera, tendrán por fuerza que venirnos a la memoria los nombres de Poe y de Quiroga: el dinosaurio como una especie más de la fauna alcohólica, comparsa del ciempiés, de la rata y de la víbora. Todo es desmesurado en el *delirium tremens* del borracho que da las últimas boqueadas y que ve, entre otras muchas alimañas gigantescas, un monumental dinosaurio presto a triturarlo entre sus fauces.

"Y en cuanto al simbolismo suprafísico del relato, nada más fácil que establecer una conexión entre esa fiera que no se marcha, que está todavía allí cuando el personaje despierta, y la pertinaz presencia de nuestras obsesiones, fobias, vértigos. El pensamiento temido sólo nos abandona, y no siempre, durante las horas de sueño. Mas permanece al acecho y vuelve a hacérsenos visible –entiéndase bien, a los ojos de la conciencia- en cuanto regresamos al estado de vigilia. Sí, el dinosaurio está siempre allí. ¿Quién se atrevería a no reconocer la inmensa verdad del mensaje que el cuento de Monterroso conlleva? ¿Quién no ha experimentado en su alma el dolor existencial de tener que vivir con el pensamiento aterrador e insoslayable de nuestra finitud, de nuestra insignificancia, de nuestro fatal abocamiento a una muerte que ansiamos y tememos al mismo tiempo? Resonancias de Quevedo, de Sartre, de Unamuno y de Heidegger pueden apreciarse clara y distintamente en el texto del guatemalteco. Y me detendría yo ahora a desmenuzarlas si no fuera porque ya he dedicado a ellas mi volumen "Semiótica del Dinosaurio en el pensamiento existencial europeo desde el Barroco a nuestros días", de próxima aparición.

He dicho.

LOS METEREOLOGOS

En la base aérea de Villanubla habían coincidido aquel año un grupo de españoles y otro de americanos que trabajaban juntos en un proyecto meteorológico de carácter internacional. Eran profesionales que, aprovechando unas ayudas a la labor científica concedidas por sus respectivos Gobiernos, investigaban las nubes de Castilla. Los americanos se habían traído un avión equipado con toda clase de instrumentos: termómetros, barómetros, endosmómetros, heliógrafos, goniómetros, altímetros y muchos otros más. La misión de aquel aeroplano era meterse en las zonas turbulentas y hacer dentro de ellas mediciones y cálculos de todo tipo. Era un McDonald-Douglas de dos motores de hélice, hecho para este género de brega. Un joven piloto de Orense que se llamaba Jesús Viqueira había sido contratado para llevar los mandos del aparato. Jesús disfrutaba con aquello. Para él, atacar de frente una borrasca y sentir cómo vibraban las alas y el fuselaje era un placer de dioses. Lo que en otros hubiera producido malestar y angustia, en él causaba gusto y alegría.

Los metereólogos españoles y sus colegas americanos simpatizaron muy pronto. En las horas laborables hacían lo que el proyecto conjunto demandaba, y por la noche iban a divertirse a los bares de Valladolid. Había entre los americanos un profesor de la Universidad de Wisconsin que se llamaba Sergei Vasylievich Polyakov, nacido en Rusia y emigrado después a los Estados Unidos. Chapurreaba el castellano bastante bien. A todos los americanos del grupo les gustaba la farra, pero

Sergei era una cosa especial. Llevaba siempre la voz cantante. Viéndolo armar bulla, se le notaba en su salsa. Nadie hubiera podido imaginar que era casado y que en Wisconsin se acordaban mucho de él su mujer y sus tres hijas. Entre los investigadores españoles que trabajaban en el proyecto había varias mujeres, todas ellas tituladas. Eran chicas relativamente jóvenes. Una de ellas, madrileña de educación, se había ido a Villanubla para olvidar la tristeza de sus años en el barrio de Malasaña. Se llamaba Beatriz.

En aquellos tiempos, el barrio de Malasaña era el lugar de Madrid donde se juntaba la golfería posfranquista de clase media. La gente bebía, se magreaba y se pinchaba en las inmediaciones de la Plaza del 2 de Mayo, a la vera del Monumento a Daoíz y Velarde.

Se trataba de una juventud herida de muerte, estúpidamente engañada, sin dirección y sin futuro. La huída de Beatriz a Villanubla había tenido lugar cuando ya la chica estaba a punto de perderse para siempre. En un momento de lucidez había vuelto a los estudios y había logrado después una plaza de subalterna en los laboratorios del Instituto Meteorológico Nacional. Por eso trabajaba ahora en Villanubla.

Beatriz era una mujer muy pálida y delgada. Hondas y granates ojeras daban a su rostro una expresión de permanente amargura. Fumaba sin cesar. Si Sergei se fijó en ella fue porque a los dos les tiraba el vodka más que cualquier otra bebida de las que el grupo consumía. Es sabido que las afinidades alcohólicas pueden ser origen de amistades permanentes y sinceras. Beatriz y Sergei, en sus largas y numerosas veladas, se habían emborrachado juntos varias veces, y eso había propiciado entre ellos confesiones íntimas. *In vino veritas*. Los dos habían desnudado sus almas. Lejos de su casa americana, a Sergei le parecía haber encontrado en Beatriz lo que su mujer legítima no le diera nunca: calor, comprensión, alegría. Cuando bebía con la española era como si una gracia especial alumbrara su corazón. Ella, por su parte, había hallado en su amigo el refugio buscado durante tanto tiempo. Una noche en que Sergei y Beatriz acababan de hacer el amor en un parador de turismo que no quedaba lejos de Medina del Campo, hablaron de irse a Wisconsin y de vivir allí juntos durante el resto de sus días.

-Podrá parecerte una locura -le dijo él a ella. Pero lo cierto es que ya no podría vivir sin ti.

-¿Y tu mujer? ¿Tus hijas?

-Tendría que avisárselo primero por carta. Ahora mismo no sospechan nada. Dímelo con toda sinceridad: ¿Te atreverías a venirte a Wisconsin conmigo?

-Yo, sí.

-¿Para siempre?

-Para siempre.

Los dos estaban asustados, pero no por eso experimentaban con menor fuerza la necesidad de seguir adelante en su aventura.

La crisis de Olga

La mujer de Sergei se llamaba Olga Petrovna Morozova. Era una ukraniana risueña y pecosa, sólo un año más joven que él. No era gorda, pero su figura daba una impresión general de robustez. Pequeña de estatura, con chispeantes ojos verdes, parecía estar siempre contenta. Las tres niñas habían salido a ella. Eran fuertes y guapas, muy dadas al deporte y a la vida campestre. Las tres habían nacido en los Estados Unidos. Muchas veces, cuando su padre estaba todavía en Wisconsin, se iban con él de excursión y disfrutaban lo indecible corriendo y jugando al aire libre. Se llamaban Katerina, Natalia y Sofía. Cuando ellas y su madre recibieron la carta de Sergei en la que éste les daba el primer aviso de su enredo con Beatriz, no pudieron creérselo.

-¿Estará loco? -preguntó Olga ante aquella salida de su marido, sin querer aceptar de inmediato el negro porvenir que se abría ante sus ojos.

-A lo mejor es sólo una broma -sugirió la pequeña Sofía, siempre dispuesta a ver el lado bueno de las cosas.

Pero tras aquella primera carta vinieron dos más, que sólo sirvieron para confirmar lo dicho: Sergei abandonaba el hogar; volvía a Wisconsin, pero no para estarse con ellas, sino para vivir amancebado con Beatriz.

"Espero que me perdonéis", les decía en su última misiva. "He dudado mucho antes de dar este paso, pero ahora sé que no darlo significaría mi destrucción como persona, mi aniquilación como hombre". Añadía que era su deseo continuar viendo a las niñas, y le pedía a Olga que hiciera un esfuerzo por comprender.

Fue como si madre e hijas hubieran sido fulminadas por un rayo. Una española que se llamaba Beatriz había irrumpido con violencia en la vida familiar de aquellas mujeres destruyendo el castillo de paz y de armonía en el que habían residido durante tanto tiempo.

Olga acababa de cumplir los cuarenta años cuando tuvo lugar la separación. En cuanto le fue posible encontrar trabajo en otra parte, se marchó de Wisconsin. Tuvo suerte porque en esto la ayudó mucho un compañero de Sergei. Gracias a él le dieron un puesto de bibliotecaria en una escuela evangelista de Oklahoma. La pequeña Sofía se marchó con su madre, y las dos mayores se quedaron en Wisconsin acabando sus estudios universitarios.

Es difícil expresar con la intensidad necesaria el sentimiento de humillación que invadió a Olga al verse suplantada por otra mujer. Se veía disminuida y pisoteada, sin lugar en el mundo. Un psiquiatra tuvo que ocuparse de ella durante los meses inmediatamente posteriores al divorcio. Por fin, a base de terapias de todo género, la enferma logró estabilizarse y acumular la energía suficiente para cumplir con su nuevo trabajo. El sueldo era escaso, pero entre eso y el dinero que por orden judicial Sergei le mandaba todos los meses, pudo seguir adelante.

El amigo de Sergei que se había compadecido de Olga y de las chicas era un profesor de física que se llamaba Leo Shalinsky. Ya casi sesentón entonces, iba con frecuencia a Oklahoma y visitaba a la ex-mujer de su colega. Olga lo recibía, hablaba con él, le agradecía todas las atenciones que el buen hombre había tenido para con ella y sus hijas.

–Sin ti –se sinceraba a veces la pobre divorciada– no sé qué hubiera sido de nosotras, Leo.

Poco a poco, aquellas visitas fueron dejando en el corazón de Olga un poso de afecto que, con el tiempo, se convirtió en algo más profundo. Una tarde, Leo Shalinsky habló de jubilarse y de pasar en paz los últimos años de su vida, acompañado de la mujer que lo quisiera. Miró a Olga mientras pronunciaba estas palabras, y ella entendió al instante. En silencio, como si hubiera estado esperando esa declaración desde tiempo atrás, asintió con la cabeza y dejó que Leo le tomara la mano y la arropara entre las suyas.

La amiga de Beatriz

También tuvo Beatriz que comunicar a sus familiares y amigos de Madrid su decisión de liarse con un metereólogo ruso y marcharse con él a América. Sus padres recibieron muy mal la noticia:

-No te vayas, Beatriz. Si lo haces, no esperes nada de nosotros. ¿No te das cuenta de que con tu conducta estás destrozando la vida de toda una familia? La mujer y las hijas de ese hombre no te lo perdonarán nunca.

-Yo le quiero. Sergei es el único hombre a quien he querido de verdad, y nadie podrá ya quitármelo.

-Lo tuyo, Beatriz, es una infatuación, una locura de la que te arrepentirás más pronto de lo que imaginas.

-Es mi vida, ¿no? ¿O es que queréis vivirla vosotros por mí?

Sólo una amiga suya de los tiempos de Malasaña fue a despedir a Beatriz al aeropuerto. Sergei había salido de España dos semanas antes con el resto de los metereólogos americanos. Su misión en Villanubla había terminado y nada tenían que hacer allí.

La amiga de Beatriz se llamaba Lupe y era cordobesa. Sus correrías por el barrio de Malasaña habían tenido lugar cuando estudiaba Biológicas en Madrid. Ella y Beatriz se habían drogado juntas infinidad de veces y habían dormido con muchos desconocidos, argentinos y dominicanos en su mayor parte. Si en el barrio de Malasaña veía a algún tipo que le gustaba, Lupe se le arrimaba con descaro y le decía:

-Si te apetese foyá conmigo, tú me lo dise

con entera libertá.

Después de varios años de andar dando tumbos, había sentado cabeza yéndose a vivir con un hombre de dinero que padecía de los nervios. Pedro, que así se llamaba el novio, la adoraba. Y desde que Lupe se había juntado con él, se tomaba la vida con más calma. Como lo único que Pedro quería era acostarse con ella, en lo demás la dejaba que triscase libremente por el mundo. Durante el día, el hombre aguantaba a base de antidepresivos y calmantes. Por la noche se arrimaba a su mujer y tenía silencioso y abundante contacto físico con ella, que para eso se habían unido en matrimonio. Lupe estaba contenta con el arreglo. Pensaba que, tarde o temprano, en la vida había que llegar a soluciones de compromiso. La que ella había encontrado era bastante mejor que muchas otras.

-Adiós, Lupe -le dijo Beatriz en el aeropuerto. Tú eres la única amiga verdadera que me queda en España. Te escribiré.

Las dos se abrazaron en el umbral de la puerta de embarque. Después, sin volver ya la vista atrás, Beatriz caminó con paso firme hacia su destino americano. Acomodada en el avión que había de transportarla a su nuevo lugar de residencia, prefirió no pensar en nada y limitarse a sentir cómo, tras vertiginosa carrera, el aparato se elevaba sobre Madrid, describía un amplio semicírculo y enderezaba después su trayectoria rumbo noroeste. Con la cara pegada a la ventanilla, Beatriz echó una última mirada a la ciudad que tanto quería, ya muy empequeñecida por la distancia y desdibujada por la bruma.

Amanda y Salvador

Sergei y Beatriz se instalaron en una casita

blanca de tejado rojo, próxima al campus universitario donde él trabajaba. Como Beatriz apenas sabía inglés, Sergei arregló para ella un programa intensivo de clases. Todas las mañanas venía una profesora que se llamaba Amanda, cuarentona ya, soltera, muy meticulosa en los asuntos de su profesión. Daba las clases con la máxima seriedad. Obligaba a Beatriz a aprender de memoria largas listas de palabras, le corregía la pronunciación, se preocupaba de que fuese escribiendo con buena ortografía. Eran sesiones intensas que dejaban agotadas a profesora y alumna.

Beatriz había llegado a Wisconsin a mediados de septiembre. En octubre, para alegrar un poco los silencios de la casa, Sergei le compró un loro de Panamá. Al sacarlo de la tienda, el animal ya decía "water" y "how are you". Beatriz consiguió añadir a su vocabulario dos expresiones más: "corazón" y "hasta la vista". Si Amanda le enseñaba inglés a Beatriz, ésta le enseñaba castellano al pájaro. Le pusieron Salvador de nombre, porque la misión que se había pensado para él era la de rescatar a Beatriz, en lo posible, del mal melancólico que con frecuencia la asaltaba.

-Sergei, Sergei -se sinceraba la española en momentos de crisis. ¿Podré estar aquí contigo por mucho más tiempo? Echo de menos Madrid, una ciudad odiosa cuando yo vivía allí, pero que ahora se me presenta en la imaginación como si fuera el Paraíso. Recuerdo constantemente el Retiro, la Puerta de Alcalá, la del Sol, el monumento al héroe de Cascorro, el Arco de Cuchilleros...

Sergei la abrazaba y trataba de consolarla:

-Ya verás cómo las cosas van mejorando con el tiempo. Yo lo pasé peor que tú cuando dejé mi país, pero poco a poco fui aclimatándome a esto.

Amanda, por su parte, también le daba ánimos a su pupila y amiga:

-Good morning, Beatriz! -exclamaba cada mañana con voz alegre y jovial.

El loro secundaba aquel saludo con un atronador y metálico HOW ARE YOU??? que se oía por todos los rincones de la casa. Beatriz agradecía aquellas muestras de apoyo.

Una vez a la semana le escribía a Lupe, y Lupe contestaba inmediatamente. Esta comunicación epistolar era el solo vínculo que unía a la emigrada con la tierra que la había visto nacer.

Un día, al ir Beatriz a abrirle la puerta a su profesora, notó que Salvador no había abierto el pico para soltar el grito de costumbre. Miró hacia la jaula y vio que el loro estaba inmóvil, aplastado contra las rejas, con las patas temblorosas y los párpados caídos. Salvador tenía el aspecto inconfundible del pájaro enfermo. Una agitada respiración inflaba y desinflaba su cuerpecillo emplumado; los ojos eran prácticamente invisibles tras la membraba grisácea que los tapaba; y la cresta, antes erguida y brillante, se hundía ahora en el esternón.

Irónicamente, aquella triste estampa le trajo a Beatriz a la memoria los tiempos remotos en que su madre preparaba en Madrid las comidas de Navidad y Año Nuevo. Eran auténticos banquetes que hacían tambalearse el presupuesto familiar pero que se celebraban puntualmente como si en aquella casa reinara la abundancia. Aunque eran años de escasez para todos los españoles, en el hogar de los padres de Beatriz había momentos de arriesgada grandeza. Acudían parientes y amigos. El comedor se decoraba con luces, serpentinas y cadenetas. Sobre la mesa, fuentes humeantes de lombarda cocida, huevos rellenos, croquetas, consomé, ensaladas. Y presidiéndolo todo, una bandeja de plata sobre la que descansaban, rociados de salsa y guarnecidos de setas, coles, pasas y almendras, los pollos asados del día; los pollos que sólo unas horas antes, recién traídos de la pollería, correteaban por el suelo embaldosado de la cocina, y que luego habían sido decapitados y puestos a escaldar en un barreño de agua hirviendo. ¡Qué lejos estaba ahora todo aquello!

Cuando Amanda y Olga llegaron a la clínica veterinaria, Salvador ya había muerto. Allí mismo lo incineraron en un hornillo de carbón. ¡Pobre pájaro! Seco y quieto, parecía haber disminuido de tamaño cuando su dueña lo besó en el pico antes de echarlo a las brasas.

Segundos antes de dejar la clínica, Beatriz había llamado a Sergei para informarle entre sollozos:

-Se nos ha ido Salvador. ¡Muerto para siempre!

-No te preocupes, mujer. Ya hablaremos esta noche en la cena.

Amanda, con su alumna arrebujada junto a ella en el asiento delantero del coche, condujo en silencio por las calles casi vacías. De cuando en cuando separaba del volante su mano derecha y acariciaba maternalmente el pelo de Beatriz. Esta, todavía hundida en la tristeza, se dejaba consolar de aquella manera. Y para expresar de algún modo su agradecimiento, tomó la mano de su profesora y amiga, y la retuvo apretándola contra su mejilla.

-Eres maravillosa, Amanda -le dijo en su inglés de principiante.

A lo cual Amanda contestó vocalizando mucho las palabras:

-Hoy no vamos a tener clase. Voy a llevarte a mi casa, y allí nos tomamos una taza de té inglés que yo sé preparar como nadie.

Al oír aquello, Beatriz sintió un raro espasmo en las entrañas, una oleada de calor que parecía anunciar un nuevo amanecer.

Los tés de Amanda

No era mentira. Amanda preparaba el té con esmero y delicadeza extraordinarias. Eran tés indios perfectamente envasados en vistosas latas de fabricación inglesa. Las infusiones eran servidas en magnífica tetera Dulton arropada con espesa y suave caperuza de lana. Según la costumbre británica, Amanda vertía primero en el fondo de la taza media onza de leche fresca, y luego la llenaba hasta los bordes con el humeante y ambarino chorro que surgía de la elegante tetera.

Lo que no sabía Beatriz era que aquella bebida iba a producirle reacciones como las que el vodka había provocado en ella cuando Sergei la cortejaba en los llanos de Villanubla. También el té tenía, por lo visto, virtudes comunicativas especiales.

-Tú, ¿vives sola? -le preguntó Beatriz a su profesora.

-Completamente. Tuve hasta hace poco una compañera, pero ahora no hay aquí nadie más que yo.

-¿No has pensado en casarte o en arrimarte a algún hombre?

-Jamás -contestó Amanda con firmeza. Los pocos hombres que he conocido no han sabido comprenderme. Yo me entiendo mejor con personas de mi propio sexo, capaces de compartir preocupaciones y deseos que sólo las mujeres conocemos.

-Sí -concedió Beatriz. Tener amigas está bien, pero ¿no echas de menos algunas veces otro tipo de cosa?

-¿A qué te refieres?

-No sé..., a la cuestión sexual, por ejemplo.

-¿A estar con un tío en la cama?

-Sí, a eso me refiero -dijo Beatriz riéndose.

-Pues, si quieres que te diga la verdad, a mí eso no me ha atraído nunca. ¿Para qué los hombres? Si el cuerpo te pide algún consuelo en ese sentido, hay muchos modos diferentes de dárselo.

Beatriz no había esperado oír aquello.

-Sí -continuó Amanda. Nosotras, las mujeres, somos de una manera especial. Poseemos mecanismos emocionales y físicos que los hombres ignoran. El truco está en saber descubrirlos. Y cuando eso pasa...

-Se hace tarde -interrumpió Beatriz dándole el último sorbo a su tercera taza de té.

-¿Qué prisa tienes? Contamos prácticamente con todo el día para nosotras. Tómate esto como si fuera una clase extraordinaria, más larga que las de costumbre y tratando de una asignatura diferente.

Al decir esto, Amanda se removió en el sofá irguiendo el busto en ademán desafiante y provocativo. Beatriz, a su lado, contempló el firme perfil de los pechos de su profesora, todavía llenos y jóvenes, bien marcados bajo la blusa blanca que se había puesto aquel día.

-Y lo mejor de todo -añadió Amanda en voz baja- es que somos libres de hacer lo que queramos, y que de todo esto no tenemos que darle cuentas a nadie. Un secreto entre maestra y alumna que ninguna otra persona debe compartir... ¿Te ha gustado el té?

-Delicioso.

-Si quieres, podemos tomarlo juntas todos los jueves, aquí, en mi casa.

-De acuerdo -dijo Beatriz con ligerísimo temblor de voz, mientras Amanda la atraía hacia sí y la besaba con ternura.

La nueva vida

Aquella noche Sergei y Beatriz lamentaron juntos la muerte de Salvador y se marcharon a la cama más pronto que de costumbre.

Con los ojos abiertos, ella tardó mucho tiempo en conciliar el sueño. Como en torbellino se le venían a la cabeza infinidad de imágenes que no la dejaban dormir: episodios de Villanubla; las primeras expansiones eróticas con Sergei en fondas destartaladas de Medina del Campo; frases sueltas de Lupe; recuerdos del barrio de Malasaña. Sin poder remediarlo, le entraron de pronto ganas incontenibles de volver a Madrid, no para mezclarse con la gente, sino para esconderse en un agujero donde nadie pudiera verla, y echarse allí a dormir para siempre. No hacer daño, no molestar, no intervenir con decisiones caprichosas en la existencia normal de otras personas. Si ella se hubiera escondido bien desde el principio, desde que empezó a tener uso de razón, todo sería ahora distinto. Sergei, Olga y sus tres hijas continuarían viviendo en el mismo hogar, probablemente con un grado razonable de felicidad, sin traumas mayores. Si a ella no se le hubiese ocurrido un buen día probar las mieles del barrio de Malasaña, muchos aspectos turbios de la vida le habrían seguido siendo desconocidos. ¿Qué falta hacía, después de todo, entrar en los rincones oscuros del ser humano? ¿Para qué desnudarse en cuerpo y alma ante nadie? El agujero, el hoyo, la sima, la soledad impasible del fakir: ésas eran las verdaderas soluciones. Pero, en su caso, ya era tarde para volver al principio...

Oyó las campanadas de un reloj vecino: las tres de la madrugada. Sergei permanecía tendido a su lado. Como era costumbre suya, la tenía abrazada y respiraba profundamente junto a ella con ritmo sosegado. De espaldas a él, Beatriz no pudo contener las lágrimas abundantes y silenciosas que afloraban a sus ojos. Supo que, irremediablemente, una nueva vida iba a empezar para ella en cosa de días; que cuando al jueves siguiente fuese a casa de Amanda para seguir tomándose con ella los tés prometidos, no sería capaz de resistir la dulce y onerosa tentación que de forma tan inesperada había surgido en su horizonte.

EL JUEGO DE LA NARANJA

El ideólogo se llamaba Agustín Gómez y había nacido en Palencia en el año de 1856. Su padre era fabricante de objetos de mimbre, con disciplina para el trabajo y habilidad para las cuentas. En el taller de su *propiedad* -palabra esta última que al hijo, desde muy pequeño, le asustaba de manera indecible- convivían media docena de jornaleros: tres hombres y tres mujeres que cruzaban mimbres de lunes a sábados y se ganaban así la vida. Cobraban poco.

Agustín Gómez había nacido contrahecho. Era hijo único. La relativa holgura económica de la familia le permitía disfrutar de comodidades básicas: la cama, la camisa limpia dos veces por semana, comidas diarias, un caballo de cartón, agua de colonia los domingos. Y dos lujos especiales: el de recibir la enseñanza a domicilio y el de tener instalado en el ático de su casa un pequeño gimnasio con espalderas y barra fija. Un maestro escolar venía todas las tardes y le enseñaba a Agustín el Catecismo, las tablas de aritmética, las reglas de gramática, caligrafía y dibujo lineal.

Agustín hacía gimnasia solo. Era contrahecho y sufría con amargura el tener que limitarse más que la gente llamada normal. Verse constantemente rodeado de gigantes era una circunstancia que había operado en su alma dos efectos contrarios: el del temor y el de la valentía. Se asustaba de su pequeñez, y al mismo tiempo tenía que atreverse a seguir viviendo como si no le pasara nada.

La perspectiva del mundo que a mediados del siglo XIX podía tenerse desde un poblacho castellano como Palencia tuvo que haber sido muy incompleta y pobre. Por otra parte, se esté donde se esté, independientemente de los tiempos y lugares que le toquen a uno, las perspectivas del mundo son siempre estrechas. Sólo una minoría privilegiada, inexistente a efectos prácticos, tiene acceso a horizontes mayores. Tiene acceso, digo. Pero ello no significa que estos pocos vean lo que miran, ni que se den cuenta de lo que ocurre.

El taller de mimbres que el padre de Agustín poseía y supervisaba no tenía nada que ver con lo que por aquellos tiempos empezaba a consolidarse en algunos países de Europa. La Revolución Industrial había tomado cuerpo en los telares de Manchester y en algunos otros sitios. El carbón, la máquina de coser, el acetileno, el telégrafo, las primeras líneas telefónicas y otras cosas más eran ya semillas reales que luego crecerían hasta dar a la producción de bienes -y al consumo de los mismos- las características que todos conocemos. El taller de mimbres funcionaba a un nivel mucho más artesanal y primitivo, de una injusticia aceptada, comprensible, necesaria y aparentemente insuperable. Eso lo veía Agustín desde su baja cota: un metro y quince centímetros de carne achaparrada y juanetuda.

En cierto modo, la vida de Agustín Gómez había tenido ventajas enormes. A los ocho años, su talla había llegado al límite. Se evitaba así Gómez las inquietudes del crecimiento, la expectativa de grandes cambios físicos. La joroba dorsal, algo más prominente en el omoplato izquierdo, tampoco crecería más. El prognatismo de su mandíbula, que, de seguir aumentando, le habría producido un taladro en el pecho, también cesó pronto. Era una sensación de brutal seguridad la que le producía a Gómez el saber que nada iba a alterar ya los rasgos fundamentales de su figura. A los ocho años, con barba prematura y pesados genitales, Agustín Gómez era todo un hombre.

Por lo que se refiere a los cambios del alma, éstos fueron relativamente pocos. Apenas alcanzado el uso de razón, tuvo ya Gómez una idea del mundo que permanecería virtualmente igual hasta la hora de su muerte. Realizó sus descubrimientos desde su corta atalaya, oculto en su diminuto universo. La debilidad corporal de los genios ha sido una constante histórica. Aunque cabría encontrar casos particulares que no se ajustan a esa ley, sólo servirían para confirmar la regla.

De lo genial e inefable no puede escribirse, y por eso Gómez no había escrito nada. Esperaba paciente a que el manifiesto de sus verdades fuera abriéndose camino por sí solo. Algo parecido a lo que la ciencia física de sus días calificaba de proceso osmótico: una especie de sintonización secreta, universal y absoluta. Una cosa así. El manifiesto lo había preparado Gómez muy pronto. Estaba hecho de imaginaciones y de ideas. Para componer manifiestos, aunque sean manifiestos mudos, hace falta haber tenido experiencias directas de la realidad, pero no muchas. Lo más necesario es saber dar a cada apariencia, a cada fenómeno, la dimensión y trascendencia que le corresponde. Lo que se precisa es ver hasta el fondo una sola cosa, una sola persona.

Una mujer de cara quemada por el sol, con anchas sayas negras, cubierta la cabeza con un pañolón descolorido y viejo, con los dedos sarmentosos enredados entre largas fibras de mimbre, consumiendo sus días en una labor brutal y estúpida; una mujer de esas características puede ofrecer bastantes revelaciones. Hay que imaginar a un Agustín de edad indefinida, silencioso, con los ojos bien abiertos, observando día tras día las ocupaciones del taller, escudriñando a la mujer del pañuelo, siempre la última en marcharse, como si ella fuese la clave que el destino había puesto allí para fecundar sus pensamientos. Toda la normalidad aparente del trabajo ordenado y monótono, la normalidad ejemplar de las grandes fábricas que vendrían después, era la misma normalidad atroz de la mujer trabando juncos secos. Como punto de partida, aquello bastaba y sobraba. Además, los manifiestos siempre dejaban sin explicar algún detalle. Por ejemplo, en el manifiesto conocido con el nombre de Cristianismo se hablaba alguna vez de lirios y de pájaros, seres que ni cosechaban ni hilaban, pero que eran protegidos y hasta mimados por una mano invisible y poderosa. El mensaje resultaba tan consolador, que todos los hombres y mujeres con una mínima limpieza de conciencia habrían estado dispuestos a abrazarlo. Aquella bonita parábola del campo contenía una lección de paz, de esperanza, de sabio abandono y de fe en la Providencia. Pero ocurría que algunas tardes, en el verano, Agustín salía a pasear por las afueras. Muchas veces había tenido ocasión de ver volar a los gavilanes. Se mecían en amplios círculos, con las alas extendidas e inmóviles. Y de pronto, en la calma de la tarde castellana, alguno de aquellos gavilanes bajaba a la velocidad del rayo, tocaba tierra y volvía a elevarse a las alturas con un gazapo de conejo entre sus garras, con un gorrión, con algún animalejo despreocupado y feliz cuyo único delito había sido el no hacer daño a nadie. Para explicar ese detalle, los intérpretes del manifiesto cristiano, es decir, los teólogos, habían escrito millares del libros, lo cual demostraba que el principio doctrinal escondido tras el famoso ejemplo de los lirios del campo y de las aves del cielo era de una oscuridad considerable.

No había, pues, que exigirse demasiado. Como momento inicial, bastaba con la mujer de los mimbres. Con menores evidencias se habían edificado sistemas morales, metafísicos y religiosos de una popularidad inconcebible. Era suficiente el modesto testimonio que ofrecía la tejedora:

¡Qué espectáculo tan repugnante y miserable el de la mujer confinada de por vida a un ejercicio tan elemental como el de fabricar artefactos de mimbre! El horror se multiplicaba al imaginar que millones de seres estaban condenados a desempeñar labores parecidas. Esa era la condición necesaria del gran avance. A fuerza de empequeñecimientos morales se fraguaban el poder y el prestigio de los pueblos. La humillación era el precio de ese logro. El brutal sometimiento a la costumbre, a cualquier costumbre. En Palencia había, por ejemplo, algunas prostitutas, mujeres que vivían de su cuerpo y cuya misión en la vida consistía en dar placer a ciertos hombres, a Gómez entre ellos. Habían aprendido ese oficio, y ese oficio desempeñaban con puntualidad y constancia, con el mismo orden y disciplina que se exigía en todos los oficios, con la aplicación monótona de una técnica aprendida. La profesión de estas mujeres era ciertamente monstruosa, pero no más que la del resto de los mortales. El mal no estaba en la naturaleza de su trajín, sino en el trajinar mismo. Una sociedad que hubiese decidido basar su economía en la prostitución sexual podría llegar a resultados semejantes a los de cualquier otra sociedad. Prostituciones eran todas: en Manchester, los burdeles se llamaban telares; en Palencia, talleres especializados en la artesanía del mimbre.

¡Claro que en el manifiesto de Gómez tenía que haber puntos oscuros! ¡Naturalmente que había en su doctrina zonas de penumbra, cosas sin suficiente explicación, contradicciones y misterios! ¿Cómo poder expresar con precisión su mensaje de hastío infinito? Sólo hacía falta tener dos dedos de frente para apreciar la insuficiencia básica de todas las llamadas de auxilio. Y en cuanto a las pocas soluciones que se habían inventado para traer consuelo a las gentes, todas eran casi igualmente inverosímiles y estrambóticas. La imaginada por Gómez no era excepción y consistía en proponer el juego de la naranja como actividad purificadora y libertaria.

Con nombres diferentes y numerosas variaciones, el juego de la naranja se practicaba desde hacía siglos en las cinco partes del mundo. Era en algunos sitios el juego de los pétalos de flor. En otros, el juego de los chinos. Posteriormente, cuando la sociedad se organizó más, el juego adquirió nuevas modalidades. Hizo su aparición la estadística y llegó a ser posible predecir lo que en un principio había sido un entretenimiento de azar. Antes de que llegaran estos adelantos, Agustín jugaba a la naranja, unas veces física, otras mentalmente, y de eso quedó huella en la memoria no escrita de sus ideas.

El juego era muy sencillo. Consistía en pelar con una navaja grandes mondas de naranja formando una espiral de una sola pieza. Con cuidado y paciencia, las mondas podían cortarse muy estrechas de modo que su longitud fuese mayor. Una vez terminada esta operación, que podía llevar entre quince y veinte minutos si se hacía con esmero, el jugador enrollaba la monda en un ovillo; y cogiéndola en un puño como se coge un trompo a una peonza, alzaba el brazo, cerraba los ojos y pensaba. Era siempre un pensamiento numérico, cuantitativo (por desgracia había que limitarse a pensar en números), que podía referirse a cualquier cosa. Por ejemplo: ¿Cuántos años más viviría la reina de Inglaterra? ¿Cuántos pasos necesitaría un enano para cubrir andando la distancia entre Medina del Campo y la Mota del Marqués? ¿Cuántos caballos morirían en las corridas que iban a celebrarse en Madrid con ocasión de las Fiestas de San Isidro correspondientes al año en curso? Preguntas de ese tipo podían hacerse a millones. Y la respuesta -que venía como resultado de estrellar la monda contra el suelo y contar después los pedazos en que quedaba partida- era siempre imprevisible. No necesariamente verdadera, pero, en muchas ocasiones, sorprendente y genial. En preguntas que requerían de principio una contestación numerosa (como la del enano y sus pasos), estaba permitido fijar previamente el valor de la unidad. Un Pedazo de Monda de Naranja (1 PMN) podía ser de cifra variable, según el valor que se le quisiera asignar: 1 PMN=1; 1PMN=5; 1 PMN=10; 1PMN=100; etcétera. Lo bonito del juego era que en él cabían estas alteraciones voluntarias. Estando de buen humor, era posible, por ejemplo, jugar con unidades de cinco mil, esto es, 1PMN=5.000, para dar respuesta a interrogantes como éste: ¿Cuántos años pasarían antes de que el General Martínez Campos desapareciese de la escena política española? Si resultaban, supongamos, siete pedazos, la cantidad total era pavorosa y divertida: TREINTA Y CINCO MIL AÑOS.

Gómez pensaba que el juego de la naranja, bajo cualquiera de sus formas, mantenía al mundo dando vueltas. Era, en el fondo, la esperanza única de muchísimos individuos que en el secreto de su intimidad saltaban las barreras de su envilecedor destino de rutinas. Era una actividad que, cuando menos, podía tener el exclusivo propósito de perder el tiempo, nada más que perder el tiempo.

Agustín Gómez inculcaba su confusa filosofía con miradas y silencios, entre oraciones y gimnasias. Era un santón enano y mudo. Ni él ni sus numerosísimos discípulos habían alcanzado la fama, porque la fama era el delito merecedor del más riguroso de los castigos. NO SE PODIA TOLERAR LA FAMA EN NINGUNA DE SUS FORMAS. ¡Era una palabra tan equívoca, tan turbia!

No era raro que por las noches se sentara frente a la tejedora de mimbres, la última en marcharse, la primera discípula. Tras un breve esfuerzo de concentración, llegaba a penetrar en las imaginaciones de aquella empleada a sueldo. Y una vez dentro, conseguía ver con claridad las diferentes versiones que el juego de la naranja iba adquiriendo en el magín de la mujer. Parecía existir una razón directamente proporcional entre la velocidad con que movía los dedos y el ritmo de sucesión de sus fantasías. "¿Cuántos cestos de mimbre se podrían componer en una jornada, si las dimensiones de los cestos en cuestión fueran, pongamos por caso, del tamaño de un dedal?". Es decir: "¿Cuántos banastos diminutos e inservibles podrían ocupar el trabajo de una mujer en el espacio de doce horas laborales?". Los cestitos tenían que ser todos ellos cestos de enano, de una uniformidad minúscula y absurda, de modo que, al mostrárselos al dueño de taller y a su hijo deforme, éstos entendieran el insulto. Pero la discípula del pañolón, abandonada a sus propias fuerzas, no tendría nunca el valor de hacer eso. Permanecería clavada en la silleta fabricando cestos de encargo hasta que le llegara la vejez. Gómez lo sabía y notaba con urgencia la necesidad de salvarla, para salvar con ella a los cientos de millones de prosélitos que esperaban pacientemente la buena nueva. Había que salvar de la esclavitud a la mujer del pañuelo descolorido, y había que hacerlo sin palabras y sin gestos, muy poco a poco, imprimiendo en ella la transformación que Gómez había planeado en secreto. Muy poco a poco; ésa era la clave de triunfo y la mecánica del juego. El salivazo general tenía que ir amasándose y ovillándose en las encías con ejemplar parsimonia, hasta que alguien tuviese por fin el valor de ser el primero en escupirlo.

Por eso ¡qué satisfacción la noche en que la tejedora empezó a deshacer con calma el nudo de su vieja pañoleta! Sólo aquel breve movimiento que dejó al descubierto la cabeza pequeña y canosa de la mujer fue suficiente para que Gómez supiera que el juego había tomado derroteros más firmes. Mientras la mujer se acercaba al enano y él estiraba el cuello para que ella lo ciñera con el pañuelo descolorido, los dos imaginaban ahora los mismos números mirándose a los ojos con indiferencia. Eran números aproximados, porque todo dependía de la fuerza con que la tejedora de mimbres, arrodillada en el suelo junto al chato cuerpo de su amo, pudiera ir apretándole la garganta hasta asfixiarlo. Resultaron ser ocho minutos; más o menos los mismos que víctima y verdugo habían calculado desde el momento en que llegaron a entenderse.

EL DIENTE

Nadie como Sidney Fullerton para gozar de los placeres del paladar. Soltera y ya sin deseo alguno de meterse en jardines erótico-sentimentales de ningún tipo, su principal pasatiempo, por no decir el único, consistía en comer. Es un hecho conocido que en los países opulentos de Europa y América se dan grandes cantidades de gente gruesa. La obesidad es en estas sociedades el más visible síntoma de prosperidad, muy particularmente en los Estados Unidos, donde la cifra de gordos y gordas llega a alcanzar alturas astronómicas. Sólo hace falta salir a la calle en cualquier ciudad norteamericana medianamente poblada, para tener evidencia de tan atroz verdad. A veces se trata de gorduras inconcebibles: gente que no puede andar debido al superdesarrollo de sus morcillas; barrigas colgantes que llegan hasta el suelo; mantecosos brazos y piernas con volúmenes de pesadilla; glúteos como globos; tetas vacunas; en fin, para qué seguir.

La gordura de Sidney no había alcanzado aún esos grotescos niveles, aunque algunas compañeras de trabajo le advertían, a lo mejor sin razón, que iba camino de ello. Por otra parte, al no haber cumplido todavía los cuarenta años, se negaba a renunciar a las prendas habituales utilizadas por mujeres de su edad. No quería salir a la calle como una vieja, y por eso seguía poniéndose suéteres, blusas y pantalones ajustados, faldas cortas, zapatos de tacón. Esos atuendos, lejos de disimular excesos, resaltaban todavía más la abundancia de sus carnes. No es que quisiera Sidney presumir, ni que estuviese interesada en la caza del hombre. Ya se ha dicho que no tenía ambiciones a ese respecto. Pero le parecía demasiado pronto para efectuar ese irreversible cambio de indumentaria que entre personas del sexo femenino marca inequívocamente el principio del fin, *the beginning of the end*, como solía decir ella; esto es, el despeñamiento fatal hacia la senectud y la muerte.

Sidney era secretaria administrativa en una institución financiera de Denver, Colorado. Después de darle al manubrio durante veinte años había logrado alcanzar una posición económica relativamente desahogada. Un sueldo de treinta y ocho mil dólares anuales le había permitido comprarse un chalecito en la zona residencial de Aurora, donde vivía con Amanda, su sexagenaria madre. Amanda era viuda de un médico de urgencias que había muerto pronto. La tragedia de aquel hombre había sido que se le iba la cabeza cada vez que veía sangre fresca. Casi se desmayaba ante el olor y el color del fluido de la vida. Ni siquiera él mismo había logrado entender jamás cómo pudo terminar la carrera de medicina y ejercerla por algún tiempo. Pero su historia no es de este lugar.

También a Amanda le gustaba comer. Y con aquella afición común, madre e hija mataban infinidad de ratos. Los días de semana hacían la compra en el Supermercado y organizaban en su casa auténticos banquetes para ellas solas: menestras de legumbres, codornices en cacerola, pasteles de pollo, fondos de alcachofas al gratén, medallones de merluza a la Romana, níscalos a la Rusa, manos de cerdo empanadas, caprichos de Génova, magdalenas, de todo. Los más variados gustos alegraban la mesa de las dos mujeres. Les entusiasmaba comer y hablar. Sus atracones no eran silenciosos, sino que estaban adobados siempre de chismes y rumores todavía más suculentos, si cabe, que los manjares que se echaban a la boca.

Grandes y felices, madre e hija hacían buena

pareja y, contrariamente a lo que suele pensarse en una época que ha llegado a beatificar la delgadez, mostraban el lado alegre de la gordura. Viéndolas comer, charlar y reír, hasta se olvidaba uno de los peligros del sobrepeso, quizá no más graves que los de la anorexia y, desde luego, de naturaleza menos sombría. Manteniéndose por debajo del gigantismo deforme, Sidney y Amanda eran propietarias de una obesidad graciosa, siquiera mínimamente ágil, que irradiaba satisfacción y contento por todas partes.

Los sábados, las comilonas tenían lugar fuera de casa.

-¿Adónde vamos a comer mañana? -solía preguntar la madre los viernes por la noche, antes de retirarse.

-Si te parece -le contestaba Sidney-, podíamos ir a *La Langosta Roja* o a *La Herradura*. Me han dicho que tanto en un sitio como en el otro tienen este fin de semana un menú de sueño.

-Pues no lo pensemos más -respondía Amanda. Allí nos vamos.

-Pero, ¿a cuál de los dos?

-Al que tú me lleves.

-¿Lo echamos a suertes?

-Venga.

Una moneda al aire solía servir en estas ocasiones para resolver el asunto. Si salía "cara", a un sitio; si salía "cruz", a otro. A fin de cuentas, les daba igual. Saliera lo que saliera, el resultado iba a ser el mismo: la felicidad de pasarse un par de horas entregadas a su faena favorita.

Los estómagos de madre e hija estaban como nuevos y nada había que temer a ese respecto. Y en lo tocante a dentaduras, la de Sidney era de roble y la de Amanda no le iba en zaga. Cierto que ésta había padecido tiempo atrás un par de extracciones, pero habían sido subsanadas con sendos puentes que cumplían a maravilla su misión. Era tremenda la seguridad con que aquella mujer, a sus sesenta y pico de años, se atrevía con lo que se atrevía. Lo mismo le metía mano a una mazorca de maíz, que a un puñado de cacahuetes o a una barra de caramelo. Las cáscaras de nuez y avellana las rompía de un mordisco, y masticaba turrones de almendra como si fueran natillas.

Por eso se llevaron las dos un susto tremendo el día en que, sentadas en un restaurante llamado *Los secretos del mar*, Sidney descubrió un diente en su plato. Estaba allí, entre la mayonesa, la gelatina y el puré de anchoas que guarnecían una generosa ración de cigalas a la Norvégienne. El primer impulso de Sidney fue el de creer que se trataba de un diente suyo. Con el dedo índice se palpó cuidadosamente las encías y comprobó satisfecha que su dotación dental continuaba intacta. Pero junto a la alegría resultante de aquella exploración, ¡qué repugnancia la producida por el descubrimiento de un colmillo ajeno! Asustadas, madre e hija lo envolvieron en un pañuelo y pidieron la cuenta, no sin antes decirle a la camarera que pronto se recibiría en Gerencia la reclamación correspondiente.

-¿A qué se refieren ustedes? -preguntó la chica.

-A esto -dijo Amanda, y pasó por delante de los ojos de la muchacha el envoltorio.

-¡Un diente! -aclaró Sidney, indignada. ¡Una porquería de diente, con la raíz podrida! ¡Un diente asqueroso, sabrá Dios de quién!

-Les aseguro a ustedes -empezó la camarera- que, si hablan con el encargado, la cosa tendrá fácil arreglo...

Pero ya madre e hija habían salido a la calle, corrían hacia el coche aparcado y se subían en él a toda prisa. La camarera sólo tuvo tiempo de anotar el número de matrícula. Cuando pudo ver al encargado, le contó el incidente. Hubo alarma general. No se recordaba que en toda la historia de *Los secretos del mar* hubiera sucedido jamás una cosa parecida. Aquella misma tarde el propietario del restaurante indagó lo indecible para dar con el teléfono de las dos mujeres. Se lo proporcionó por fin el Departamento de Policía, guiándose por la matrícula del automóvil.

El propietario llamó a la hora de la cena. Sidney cogió el teléfono y oyó las sinceras disculpas de aquel hombre, su ofrecimiento de reintegrar a sus dos clientas la totalidad del importe del almuerzo, el ruego de que, por favor, le entregasen el diente cuanto antes, para poder así realizar las debidas pesquisas. Sidney apenas habló. Cuando abrió la boca, fue sólo para decir que ella y su madre estaban ya en contacto con un abogado (lo cual era verdad) y que el diente había sido enviado a unos laboratorios para ser analizado debidamente. No hubo más conversación.

Para todo hay que estar preparado en esta vida, pero ni madre ni hija habrían podido imaginar nunca cuál iba a ser el resultado del análisis. Se lo trajo cinco días después Mr Morgan, el abogado que ellas habían contratado para el caso.

Cuando Mr Morgan llegó al chalecito de Sidney y Amanda Fullerton, no podía contener la emoción que lo embargaba. Eran las dos de la tarde de un domingo lluvioso. Los tres se sentaron a la mesa del comedor. Sobre ella habían puesto madre e hija, para ir picando mientras hablaban, dos fuentes con galletas, bizcochos, lionesas, bolas de Berlín, mantecadas de Viena y bollos de anís.

-¿Ustedes saben -empezó Morgan con un perceptible trémolo en la voz- a qué responden los nombres científicos de *Rattus norvegicus* y *Rattus rattus*?

-No tenemos ni idea -respondieron Sidney y

Amanda al unísono.

-*Rattus norvegicus* y *Rattus rattus* son las dos nomenclaturas zoológicas que sirven para designar dos especies de roedores que han azotado al género humano desde que el mundo es mundo: la rata noruega o rata parda, y la rata negra, llamada también alejandrina.

Morgan hizo un ceremonioso silencio, escogió una mantecada y siguió diciendo con la boca llena:

-Son bichos de cuidado. La rata negra, por ejemplo, fue responsable de que numerosas plagas asolaran Europa en la Edad Media. Su pariente, es decir, la rata parda, ha ido ganando terreno en los países septentrionales y abunda en las regiones templadas de los Estados Unidos, adonde la especie llegó en 1775. Un ejemplar de tamaño mediano puede alcanzar los veinticinco centímetros de longitud y más de medio kilo de peso.

Sidney y Amanda, sin perder una palabra de lo que Morgan iba diciendo, también la habían emprendido con los dulces y comían en silencio sin apartar los ojos del abogado. Este continuó:

-Las ratas son animales omnívoros, agresivos, voraces, inteligentes, asombrosamente adaptables y fecundos. Las hembras producen anualmente ocho camadas de veinte crías cada una. Les gusta vivir cerca de los seres humanos, invaden sus despensas y silos, en los que causan grandes destrozos. También son vehículo de nefastas enfermedades epidémicas como el tifus, la peste bubónica, la rabia...

-Si usted me permite -interrumpió Amanda- le diré que ni mi hija ni yo sabemos a qué viene todo esto.

-Pues yo se lo voy a explicar: el diente encontrado entre la gelatina, la mayonesa y el puré de anchoas que guarnecían el plato de cigalas era y es un diente de rata -resumió secamente Morgan. Lean, lean ustedes el informe que aquí les traigo. No hará ni dos horas que lo he recibido del laboratorio, junto con este frasco en el que se contiene el cuerpo del delito.

Con manos temblorosas cogió la sexagenaria los papeles y la botellita que el otro le entregaba. Sólo bastó un rápido vistazo a las dos cosas para que de su garganta saliera un grito de frustración y de ira:

-¡Cabrones! -exclamó con toda la fuerza de que era capaz.

-Mamá, cálmate -le reconvino Sidney.

-¡Cabrones! -repitió. ¡Poner un diente de rata en el plato de mi hija!...

-Peor sería que *nadie* lo hubiera puesto, sino que uno de esos inmundos roedores lo hubiera perdido por accidente, hociqueando donde no debía -terció Morgan con la intención de encizañar aún más la cosa.

-¿Qué está usted insinuando? -se interesó Sidney, cuyo rostro había adquirido de pronto la palidez de los muertos.

-Lo que usted misma, su madre y yo sospechamos.

Las dos mujeres se miraron con horror. El abogado añadió:

-Pero no se intranquilicen. De todo esto puede que saquemos provecho.

-¿Cómo?

-Empapelando a los dueños de *Los secretos del mar* hasta sacarles el último céntimo.

-Pero, ¿y si estamos ya contaminadas?

-Un reconocimiento médico las sacará de dudas a ese respecto. Háganselo ustedes cuanto antes.

Afortunadamente, las pruebas resultaron negativas. No había infección. Sólo se encontró en madre e hija un ligero síndrome ansioso que pudo ser corregido con pastillas. Y en cuanto al asunto del pleito, no tardó mucho en resolverse a favor de las mujeres.

La mañana en que el Juez iba a dictar sentencia, Sidney y Amanda se pusieron sus mejores galas. Estaban a finales de abril y Denver estrenaba un sol radiante. Más gordas y guapas que nunca, ya repuestas de la transitoria neurosis, las dos tomaron asiento en la Sala de Audiencias, lejos de quienes representaban los intereses de *Los secretos del mar*. A éstos se les veía cabizbajos y sombríos, en riguroso y expectante silencio.

Cuando el Juez hizo pública la sanción, Amanda, Sidney y Morgan tuvieron que reprimirse para no dar un salto de alegría: doscientos mil dólares de indemnización, y pago de todos los gastos de laboratorio, farmacia y médico, ocasionados por tan peligroso descuido. Al estimarse éste involuntario, los inculpados se libraban de ir a la cárcel. Pero que se anduvieran con ojo. Como medida preventiva, una rigurosa inspección del restaurante iba a mantener cerradas sus puertas durante un mes. De hecho, el negocio no levantaría ya cabeza.

Aquella noche, Amanda, Sidney y el abogado celebraron el triunfo a lo grande: espárragos a la Vaticano, avellanitas parisién, chochas asadas al costrón, crema de Baviera, café helado y champán de la Viuda hicieron las delicias del trío. A los postres hablaron del reparto. Cincuenta mil dólares para Morgan, y el resto para las mujeres. El diente quedaba en posesión de madre e hija.

-No lo pierdan -les advirtió Morgan, y les hizo un guiño de complicidad.

-¿Para qué lo queremos?

-No sé... -titubeó el abogado. Tal vez en un futuro próximo podría ser encontrado de nuevo...

-¿Dónde?

-Digamos que sumergido en un suflé de tomate a la Napolitana o en un puding de fuagrás a la Talleyrans, servidos en un comedor de postín.

Sidney y Amanda comprendieron al instante.

-Tendría que ser fuera de Denver, para no despertar sospechas -caviló la madre.

-Eso no tendría dificultad. Buscaríamos otro sitio -intervino la hija.

-¿Qué tal en San Francisco, dentro de dos años, en los salones de *Perkins*? -propuso Morgan. Los beneficios podrían llegar al medio millón.

Los tres, sin poder contener la risa, alzaron las copas:

-¡Trato hecho!

EL REGRESO

1

El dictador recibió la noticia a las tres de la madrugada. Sentado en el despacho y con la única presencia de su secretaria personal, había esperado desde la medianoche a que sonara el timbre del teléfono. Descolgó el auricular y escuchó una voz clara al otro lado de la línea, dándole una información precisa y breve:

-Operación concluida -comunicó la voz. Sondi ha tomado tierra conforme al horario previsto.

El dictador contestó algo y colgó.

-Estoy cansado -dijo después.

Los grandes ventanales del despacho permanecían abiertos. Un aire húmedo y caliente que llegaba del jardín meneaba los visillos. Sobre la mesa del dictador había una carpeta de cuero negro, una lámpara de aluminio y un pisapapeles de cuarzo que imitaba la figura de un oso con dos rubíes en lugar de ojos y una esmeralda en lugar de hocico.

-La condecoración y el discurso serán mañana a las nueve -recordó la secretaria. Los equipos de televisión ya están montados. Tomarán planos del exterior.

-Está bien -dijo el dictador. Lo que necesito ahora es dormir un poco.

El dictador se quitó la chaqueta y los zapatos y se tendió en el sofá que había junto al ventanal.

-Basta por hoy, Sylvia -murmuró.

-Hoy... -contestó la secretaria-, hoy ya es

mañana, señor.

Sonrió mientras abría la puerta. Antes de cerrar, todavía agregó:

-La jornada ha sido de quince horas. Debería usted ir pensando en tomarse unas vacaciones.

El despacho quedó en silencio.

La claridad de la mañana se filtró a través de los visillos. Al abrir los ojos, el dictador encontró la mirada del oso de cuarzo que se fijaba en él con la expresión estúpida de siempre, sentado sobre la carpeta de cuero negro. La quietud del animal impedía toda posible asociación entre aquella figura y la de un ejemplar verdadero. No sugería ni poder, ni rebeldía, ni ferocidad.

Sylvia entró poco después y dejó el café junto al escritorio.

-Buenos días, señor -dijo. He telefoneado a su esposa para anunciarle la hora de la ceremonia de bienvenida. Conviene que ella asista también al acto.

El dictador hizo saber con un gruñido que estaba de acuerdo.

-¿Qué hace Sondi? -preguntó mientras se encaminaba pausadamente hacia el cuarto de baño.

-Ha pasado la noche en el hospital, señor. Se le ha sometido a un reconocimiento médico y ha demostrado encontrarse en perfectas condiciones físicas.

-¿Y el material?

-Por lo visto, son datos de valor estratégico incalculable -informó la secretaria poniendo dos terrones de azúcar en el café del dictador. Sondi los ha interiorizado y tienen ya sitio permanente en su memoria personal. Como medida de seguridad, no ha quedado documento escrito.

-Bien. ¿Ha comunicado ya el informe al Departamento de Defensa?

-No, todavía no. Lo hará después de la ceremonia. Quiere comunicárselo directamente a usted. Dice que es breve y absoluto, y que al mundo le costará trabajo olvidarlo.

-¿Al mundo? -dijo el dictador desde el baño. Al mundo se le olvidan siempre todas las cosas.

Hizo una breve pausa, y luego preguntó:

-¿Se acuerda usted de quién llegó primero a la luna? Vamos, Sylvia, confiéselo -se le oyó decir al dictador por encima del ruido de la ducha. Unos cuantos años causan estragos en la memoria de cualquiera.

-Es posible, señor.

El dictador se vistió mientras bebía el café a sorbos distanciados y sonoros. Luego pidió un vaso de agua helada y se tomó dos pastillas granates.

El helicóptero que llevaba al dictador al edificio del Congreso siguió desde arriba la ruta marcada por una ancha carretera festoneada de plátanos. El día era soleado y brillante. Se veía a lo lejos la perfecta cuadriculación de las tierras. De trecho en trecho se adivinaba, en medio de la soledad multicolor del campo, algún tractor refulgente como un yelmo.

El dictador buscó en los bolsillos hasta dar con un paquete de cigarrillos.

-Sondi no ha podido elegir un día mejor –comentó.

-Al fin y al cabo se lo merece -dijo la secretaria. Después de todo, la parte más difícil de la misión ha estado a su cargo.

-Verá usted, Sylvia. La época en que vivimos no permite ya triunfos o fracasos particulares. Todo es ya asunto de las instituciones. Basta con leer las noticias diarias de la Red para darse cuenta de que las cosas son así y de que así han sido por mucho tiempo. La gente no habla ahora de personalidades ajenas al grupo. No habla de hazañas o de desastres individuales, sino de éxitos o de fracasos programáticos.

Sylvia ahogó un bostezo.

-Es uno de los principios fundamentales de nuestro Totalitarismo Democrático -concluyó el dictador.

El helicóptero descendió con suavidad hasta posarse en la terraza del Congreso.

Ya iba acudiendo el público, un público joven y alegre. Abundaban los pantalones cortos y las blusas de colores. El sol apretaba con fuerza. Algunas chicas exhibían sobre el pecho casi desnudo frescas guirnaldas de flores.

El dictador pidió su cartera de documentos y sacó un fajo de folios impresos.

-Ni siquiera me he leído aún el discurso, Sylvia -confesó. Debería usted habérmelo recordado.

-No tiene dificultades, señor -dijo la secretaria. Se trata de un breve panegírico al Instituto de Colonización Planetaria: antecedentes, mención de las personas que participaron en su fundación y desarrollo, importancia del último logro, y medalla a Sondi tras la felicitación de rigor. Cosa de veinte o veinticinco minutos.

Eran las 8:50. El edificio del Congreso estaba adornado con un sinfín de banderas. Ya la muchedumbre había invadido literalmente pradera y escalinata. Se apretujaban unos a otros, aplaudían y lanzaban hurras y vítores exhibiendo pancartas con grandes imágenes de Sondi.

La esposa del dictador aterrizó poco después en otra esquina de la terraza. Se reunió con su marido y ambos descendieron en el ascensor hasta llegar al piso de los balcones. Al asomarse al exterior cogidos de la mano, se oyeron por los altavoces los compases de una marcha militar cuyas notas iban a perderse en la profundidad de aquel incomparable cielo de verano. El numeroso público se había desparramado por el césped de la explanada. Sentados unos, tumbados otros, se disponían a escuchar con atención las palabras del dictador. El verde de la hierba, el oro de piernas y brazos bronceados y la transparencia azul de la atmósfera componían un conjunto de belleza deslumbrante.

-Los caminos del espacio -leyó el dictador- no son ya una incógnita para nosotros. Hay un tiempo en el que la marcha de los pueblos se efectúa en sentido vertical, y ello se ha hecho una vez más realidad en el día de hoy. Nuestra nueva conquista es el fruto de un largo esfuerzo colectivo, de una ascensión comunitaria hacia las cimas remotas del universo...

La voz sonaba limpia y segura.

El discurso duró quince minutos. Conforme iba aproximándose el fin, el público fue levantándose poco a poco en espera de oír el nombre del héroe mágico: Nic Sondi, el viajero recién llegado de un mundo desconocido, el gran personaje que pronto aparecería ante sus ojos en carne y hueso. Su rostro era ya familiar para todos, porque la Red se había encargado de difundir incansablemente su fotografía. Pero la ocasión iba a permitir contemplarlo ahora en persona.

Sondi apareció en el balcón entre un clamor de la multitud. El dictador lo abrazó en presencia de todos y prendió sobre su pecho una medalla dorada. Sondi tuvo que hablar. La emoción había asomado a sus ojos. No se oía ni el vuelo de una mosca en aquella hermosa mañana de verano cuando Sondi dio las gracias. Lo hizo más con gestos que con palabras, pero todos lo entendieron, sintiendo al mismo tiempo un escalofrío de dicha, de admiración y de respeto. Con el libre impulso de la juventud, chicos y chicas dejaron que gritos y lágrimas expresaran por su cuenta lo que en aquellos momentos reclamaban sus corazones. Todos se habían puesto en pie y aplaudían con rabia. Hubo un amontonamiento de brazos, de axilas depiladas, de pechos firmes y erguidos, a punto de estallar bajo las blusas. Oprimido por aquella ruidosa manifestación de entusiasmo, Nic Sondi hizo un ademán de tregua que sólo sirvió para aumentar el frenesí de las gentes.

Aquella noche, bajo un firmamento cuajado de estrellas, los invitados al banquete oficial hicieron los honores al salmón, al pavo frío, al dulce de helado y nata. Tintinearon las copas de champagne.

Dora Sondi, cuando ya los comensales iban desapareciendo y los camareros retiraban manteles y fuentes, aproximó los labios al oído de su marido:

-Te quiero -le dijo.

Tras la última despedida los esperaba la tranquilidad de la alcoba. Sondi sintió bajo su cuerpo desnudo el leve frescor de las sábanas. Todo el agotamiento había desaparecido después de la inyección que le pusieron en el hospital. Ahora estaba despejado y notaba la proximidad de Dora y el calor de su piel. Se miraban, por fin, a los ojos, y los dos cuerpos se fundían en un abrazo apasionado y silencioso que parecía sepultarlos en aún más en la sombra de la noche.

2

Dora se despertó de madrugada. No habían hablado, pero ella pensó que la vuelta de su marido quizá significase esta vez un punto final a todo lo anterior y una posibilidad de cambio.

Un día Sondi le había dicho:

-No entiendo tu estupidez, tu sensiblería, tu forma de hacer el amor, tu terquedad en no renunciar a nada.

Tal vez hubieran sido los largos preparativos

del vuelo. Sondi había tenido que seguir un horario inhumano desde el momento en que fue designado para la misión. Se había convertido en otro.

Dora, con los ojos abiertos en la penumbra del amanecer, hacía memoria de aquellos malos ratos, de las noches en vela, del sufrimiento por ella sentido al saberse rechazada. En ese tiempo había experimentado hasta el fondo el vértigo de la soledad. Ahora, con Nic a su lado, notaba que su alma se iluminaba con un rayo de esperanza.

Después del desayuno, muy temprano, Sondi indicó que necesitaba despejarse antes de reunirse con el dictador para compartir con él el informe.

-No tardes -le despidió Dora con la voz de la persona que quiere sentirse aceptada tras un largo destierro.

Era domingo. Quienes lo observaron por última vez dicen que Sondi anduvo por las inmediaciones como si realmente no fuera a ningún sitio. Todo lo miró. Vio a los niños; vio las palomas y las cigüeñas; vio los árboles, las rosas y los perros.

3

El dictador recibió la llamada a las ocho de la mañana. Se incorporó en la cama y descolgó el teléfono rojo. Su mujer protestó, aún dormida, y tiró de la sábana dándose la vuelta.

-De acuerdo -dijo el dictador. No habrá más remedio que informar a la Red.

Colgó y encendió un cigarrillo.

-Luisa -susurró.

-¿Qué quieres? -respondió ella con voz afónica.

-Sondi ha desaparecido.

-¿Qué quieres decir? -preguntó Luisa alarmada, interrumpiendo un bostezo.

-Ha desaparecido. No hay ni rastro de él. Sylvia acaba de telefonearme para decírmelo. La noticia ha sido confirmada por los Servicios de Vigilancia.

-¿Están seguros?

-Completamente seguros.

-Tampoco es para sorprenderse demasiado - reflexionó Luisa en voz alta. Nic Sondi fue siempre hombre de poco fiar.

-¿Por qué dices eso? -preguntó el dictador.

-Tú lo sabes mejor que yo. Tú mismo me hablaste de su informalidad, de sus devaneos.

-Eso nada tiene que ver. Sondi ha sido siempre un buen patriota y un buen profesional. No me explico su desaparición.

-Estaba harto de su mujer, de la vida ordenada, de todo lo que significase obediencia y disciplina.

-Lo peor es que se haya vendido al Nuevo Bloque. Me parece increíble, pero no deja de ser una posibilidad -dijo el dictador sin poder disimular su preocupación.

-¿Desconfías del Equipo de Penetración Sicológica? -preguntó Luisa, con sorna. Ellos afirmaron que la estructura psíquica de Sondi estaba incapacitada para la traición. ¿No es el diagnóstico siempre infalible? -añadió buscando otra vez el sueño.

-Todo es infalible hasta que se tiene conocimiento de la primera equivocación -sentenció el dictador levantándose de la cama. Y agregó como si estuviera hablando consigo mismo-: Los agentes del Nuevo Bloque son hábiles. Son como lobos hambrientos, capaces de buscar la presa hasta el final, sin descanso. Pero no saben que somos invulnerables.

La calle acogió con sorpresa la noticia difundida por la Red.

Algo se descubrió acerca de la vida privada de Nic Sondi. La Red transcribía una entrevista con Dora:

P.: "¿Qué opinión tenía usted de su marido?"
R.: "Un hombre entregado a su trabajo."
P.: "¿Hubo dificultades en su matrimonio?"
R.: "Nada más que las normales."
P.: "¿Podría usted darnos alguna pista?"
R.: "No."

Dora se negó a hacer más declaraciones, pero se supo que Sondi había dicho en alguna ocasión que vivía para el placer y para el dinero. Esto escandalizó a todos. Aunque no se descartaba la posibilidad de que hubiese sido víctima de un accidente o de un secuestro, la nación no lo creyó así. Un cuidadoso estudio llevado a cabo por el Instituto de Colonización Planetaria confirmó que, efectivamente, Sondi no había mantenido ninguna especial sesión informativa tras su regreso. Se sabía lo que estaba recogido en la base de datos procurada por Control, pero a nadie se le habían comunicado los hallazgos interiorizados por Sondi, los aspectos verdaderamente cruciales, secretos de la misión. De este informe confidencial había un duplicado que Sondi había transmitido desde la nave y que se suponía archivado en clave en el Ordenador Central. El dictador pidió inmediatamente que fuesen interpretados, pero nadie fue capaz de descifrarlos. Al ser informado, convocó a los miembros del Gabinete y mantuvo con ellos una larga conferencia. El Ministro de Seguridad reclamó la presencia del Equipo de Penetración Psicológica. Se volvió a examinar el expediente de Sondi. El Ministro acusó al Equipo de incompetencia y desidia: por su culpa, se había depositado en Nic Sondi una confianza que no merecía. Tuvieron lugar algunas ejecuciones sumarias.

La Red, por orden expresa del dictador, puso en circulación largos historiales de Sondi, atrozmente desfigurados. Se admitió públicamente que Sondi no estaba ya entre ellos, pero no se mencionó para nada la evaporación del informe ni la posibilidad de que éste hubiese caído en manos del Nuevo Bloque. El último mensaje referente a Sondi dirigido por la Red a la opinión pública, concluía con esta consideración moral:

"Hay desalmados cuyo recuerdo, después de haberse esfumado su persona, también se debe extirpar. Son aquellos que se sumergen en la ciénaga del vicio, para quienes nada significan las palabras AGRADECIMIENTO y LEALTAD. Sondi no tiene ya sitio entre nosotros. Es un hombre perdido."

4

El día 27 de agosto del año 2135 ocurrió algo.

La noche del 26, el dictador tuvo un exceso de trabajo y se quedó a dormir en el despacho. Después de una cena ligera, excusó a su secretaria:

-Váyase y descanse, Sylvia.

Ella se retiró a la estancia contigua y abrió el sofá-cama en el que pasaba las noches cuando la jornada se prolongaba.

Hacía calor. De pie en medio del despacho, el dictador vio en la penumbra la mirada del oso de cuarzo. Su hocico verde, sin olfato, rozaba una pila de documentos y de notas. Una ligera brisa nocturna estremecía los visillos. La ancha ventana estaba abierta, y desde el jardín llegaba el olor de las petunias.

Al darse la vuelta para dirigirse de nuevo al escritorio, oyó un rumor y pensó que se trataba de una súbita ráfaga de viento. Luego pudo distinguir con claridad la voz que lo llamaba:

-Señor -repitió alguien desde el exterior.

El dictador, después de vacilar unos instantes, giró hacia la ventana y entornó los ojos para apreciar mejor la figura que se recortaba sobre la oscuridad del jardín.

-¿Quién está ahí? -preguntó.

-Sondi -contestó la voz. Soy Sondi.

Más cerca, ya dentro del haz luminoso que marcaba el resplandor de la lámpara, el dictador lo observó. La pálida vestimenta espacial del astronauta despedía vagos destellos verdosos. Sondi tendió la mano con decisión.

-De nuevo entre los míos -dijo. Un retraso de cuatro semanas sobre el horario previsto, un aterrizaje de Aproximación Invisible frente a la Residencia Dictatorial, un poco de hambre -agregó.

-No puede ser -murmuró el dictador tratando de conservar la tranquilidad.

-Ha sido una aventura inolvidable -continuó Sondi. Demasiado inverosímil para creerla sin esfuerzo. ¿Hay aquí algo de comer?

Recorrió la habitación con la vista hasta descubrir en una esquina una fuente de naranjas.

-¿Dónde está la aeronave, Sondi?

-De nuevo en el espacio, fuera de la órbita programada por Control. Despegue Automático e Invisible. La historia es complicada, pero se la contaré a usted.

Sondi mordió la fruta con avidez y sorbió el zumo sin importarle el ruido que producía al filtrarse entre sus dientes.

-¿Trae usted el informe?

-Sí, señor. Lo traigo conmigo -respondió Sondi saboreando el último resto de jugo y arrojando la fruta por la ventana. Sólo puede comunicarse por vía natural, en un lenguaje fundamentado en los principios de la Luz, el Agua, la Tierra, el Sufrimiento, la Alegría... Es un sistema comunicativo que se resiste a toda clase de codificación. Es el lenguaje de La Vida Espontánea. ¿Quiere escucharlo?

El dictador asintió en silencio.

La voz de Sondi manifestó una vibración desconocida cuando comenzó a hablar. Eran sonidos nuevos, y, sin embargo, más viejos que cualquier memoria; anteriores a todo tiempo. Mientras el dictador escuchaba, tomaba conciencia de que sólo los objetos inertes -la lámpara, la mesa, los libros inmóviles dispuestos en orden riguroso sobre los estantes, el oso de cuarzo con la mirada ciega- serían incapaces de comprender. Porque todos los seres vivos podrían haber entendido aquel mensaje.

Cuando Sondi concluyó, el silencio se hizo

total. El dictador tomó asiento en el sillón giratorio, dejó caer la cabeza en el respaldo y permaneció así por espacio de unos minutos. Sin cambiar de postura, con los ojos cerrados, sólo abrió la boca para decir:

-¿Cuántos son? Dígame cuántos son.

-Uno -respondió Sondi en el lenguaje convencional. Sólamente Uno. Es Todos y es Nadie. Es absolutamente feliz en su soledad. Es poderoso. Es inmortal.

-¿Y usted? Hábleme de usted. ¿No sabe que otro Sondi ha estado entre nosotros? ¿Quién es el impostor?

-Hablar de impostores es inexacto. Ya le he dicho que el Uno es poderoso y que nunca muere. *Es toda una especie*, ¿me comprende? Puede encarnarse, cuantas veces quiera, en un cuerpo individual de la misma estirpe, y repetir esa encarnación hasta el infinito. Al ser *específico*, es indestructible y universal. ¿Se acuerda usted de cuando en el colegio se nos hablaba de las Ideas *reales*? ¿De cómo, según Platón, estaban alojadas en algún lugar de los cielos?...

El dictador golpeó con el puño en la mesa.

-¡Todo eso son estupideces! -gritó.

-Como usted diga -dijo Sondi, desperezándose. Ya me previno diciéndome que nadie iba a creerme. Y ahora quiero irme a dormir. ¿Cuándo será la Ceremonia de Recepción?

-Un momento, Sondi -le detuvo el dictador.

-Todavía tengo algo más que decirle.

Rodeó el escritorio y se quedó de pie, en medio de la habitación. El oso de cuarzo contempló a los dos hombres con indiferencia.

-Verá usted–explicó el dictador con gravedad: Hay algo en todo esto que es mucho más importante que su persona y que esa historia fantástica de Unos y de Especies. Por razones de Estado...

Sondi tenía los ojos fijos en aquella esmeralda diminuta y redonda que husmeaba entre los papeles de la mesa, aquella nariz de piedra que sólo era capaz de registrar el mudo destello de las cosas. Cuando volvió a prestar atención al dictador, éste se hallaba en medio de otra frase:

...además, no habrá nadie que esté dispuesto a escucharle. Usted ha muerto, Sondi, y los muertos no vuelven, no corrigen nada, no desmienten la evidencia de quienes los vimos desaparecer para siempre. Los muertos como usted todo lo trastornan cuando se les permite regresar a un mundo que ya no les pertenece.

-Pero yo estoy vivo -dijo Sondi con la voz ronca-, y acabo de comunicarle algo que está por encima de mí, de usted, de todos nosotros.

-¿Habla usted de Dios? ¿A estas alturas?

-No, hablo de otra cosa, igual y diferente al mismo tiempo. Cuénteles usted a todos la verdad. Dígales que estamos a merced de otra fuerza; que ante ella nada significan nuestros poderes personales...

-¿La verdad? -interrumpió el dictador. La verdad es y ha sido siempre la garantía del fracaso. Usted debería saberlo mejor que yo, Sondi.

Sylvia hizo su entrada en el despacho. El dictador se limitó a dar la orden con una rápida señal, y todo resultó fácil. Sondi todavía intentó alcanzar el ventanal para saltar afuera, pero nada más moverse oyó el disparo y sintió en su carne un mordisco que le llegó a las entrañas. Notó que se le escapaba el aire de los pulmones y se derrumbó como un conejo alcanzado por el plomo o por el rayo.

-Habrá que enterrarlo -concluyó la secretaria.

Un mes después, el dictador recibió la noticia a las tres de la madrugada. Al otro lado de la línea, la voz de Sylvia informó con precisión

-Sondi ha vuelto.

UN GRAFOMANO

El escritor Ulises Alba no podía escribir y se pasaba las horas sentado frente al papel, haciendo garabatos. Antes, cuando las prensas y las casas editoriales no daban abasto para componer, encuadernar y distribuir sus libros, Ulises era un hombre relativamente feliz. Por lo menos -se decía a sí mismo- era capaz de algo. Ignorante de todo lo que no fuese imaginar fantasías, se conformaba con el éxito que había conseguido en el oficio de escribirlas y con la modesta función social que le había tocado en suerte. En sus tiempos de mayor gloria, tiempos recientes que parecían estar aún al alcance de la mano, los libros de Alba se vendían por millares. No era entonces raro, cuando salía por las tardes a dar su paseo diario, que algún admirador lo reconociese y le expresara, con noble respeto y clara voluntad de agradar, largas alabanzas al vigor de su prosa. Sin ser la vanidad su defecto dominante, inútil sería negar que estas demostraciones de admiración y estos elogios espontáneos le llenaban a Ulises de satisfacción. Además, la venta de sus libros le procuraba el dinero necesario para ir cubriendo las necesidades normales de una vida como la suya, una vida simple si se tiene en cuenta que Alba era soltero y que, por inclinación natural, no tenía particular afición a esos lastres sociales que a veces son acompañamiento ineludible de los artistas. Sin apenas contacto con los hombres y mujeres del gremio, Ulises prefería estar a solas. Y únicamente un pequeño grupo de gente ajena por completo al tira y afloja de la brega literaria, se reunía con él de tarde en cuando. Hablaban de casi todo, pero entre ellos se había establecido el acuerdo tácito de no comentar para nada los temas propios del mundo de las letras y de hacer caso omiso de esos dimes y diretes que, según muchos, forman la parte más sustancial y sabrosa del oficio de escribir.

No sería exagerado afirmar, teniendo en cuenta lo dicho, que Ulises Alba había logrado lo imposible. Pues limitándose a la única labor que verdaderamente podía justificarlo, y permaneciendo al margen de todo lo demás, sus libros no habían sido condenados a un completo silencio.

Pero lo que ahora sucedía era que, sentado ante el escritorio que hasta hacía muy poco fuera testigo de largas jornadas de trabajo, Ulises se veía condenado a un extraño mutismo. Las cuartillas en blanco estaban ahí, intactas, a la espera de que la pluma viniera a fecundarlas. Antes, su letra apretada había operado el milagro. En dos meses, por ejemplo, las trescientas páginas de *El menesteroso*, su mejor obra, habían fluido sin interrupción, sin dolor y sin dudas; poco después vio la luz *Desolación*, libro valioso a pesar de sus imperfecciones, y creación favorita del novelista. Y así, hasta los casi veinte títulos que a lo largo de los años habían dado cuerpo a su infatigable labor.

Y de pronto lo había invadido la esterilidad. Cada mañana, muy temprano, tratando de olvidar el fracaso del día anterior, Ulises se sentaba a la mesa de trabajo. Obediente a la disciplina que él mismo se había impuesto, daba aviso a Isabel -la vieja sirvienta que adecentaba la casa y le preparaba las comidas- para que lo defendiese de interrupciones y llamadas. Su única comunicación con el mundo exterior tenía lugar a través de una ventana que le procuraba una vista de chimeneas y tejados. Desde su observatorio, la ciudad se convertía en un esquema urbano, en un mapa de áticos y buhardillas, sin rostros ni voces. Todo estaba listo para que el hombre de letras diera principio a su tarea. Mas apenas el primer símbolo de una frase manchaba el papel, el garabato surgía con furia (una mezcla de desesperación y de melancolía, un espasmo de grafómano), alcanzando a ocupar la plana entera. Tres y hasta cuatro horas de faena daban como único fruto una colección de jeroglíficos de loco. ¿Para qué reproducirlos aquí? Baste imaginarlos: la panza de una *P* se abombaba como si de pronto hubiera sufrido una hipertrofia sin freno, y luego se cerraba sobre sí misma en una secuencia de espirales que parecían querer remedar alguna antigua representación del infinito o del infierno. El hueco de una *O* se agrandaba hasta casi rebasar los límites del papel, con lo cual el gráfico alcanzaba las medidas de un absurdo huevo de avestruz. Los trazos transversales de una *F* se alargaban a derecha e izquierda como cables de un tendido telefónico. Y la tilde de una *ñ*, rizándose en ondas cada vez más acusadas, llegaba a parecerse a un bigote de dimensiones imposibles.

Quizá para compensar su frustración de escritor que no tenía ya mensajes que comunicar, Ulises conservaba aquellos disparates y los prendía con chinchetas en las paredes del cuarto. En unas pocas semanas, la pieza toda se había revestido de pasquines, y sólo los huecos que ponían límite al marco de la ventana y de la puerta estaban libres de ellos.

Pasada aquella primera fiebre gráfica, Alba decidió reflexionar. Pensó que, a lo mejor, su impulso creador estaba tomando otros derroteros y que lo que hasta ahora había sido vocación literaria se tornaba en ansias de expresión pictórica. Pero no. Esos cambios eran sumamente raros, y más cuando el hábito de años y años de escribir había dado tantos y tan estimables resultados. Otra posibilidad era ésta: que, fatigado temporalmente por un exceso de trabajo, aquel paréntesis de esterilidad fuera una defensa espontánea segregada por su propio organismo, una suerte de ahorro biológico que pronto daría paso a otra época de facilidad y abundancia.

Esta segunda hipótesis le gustó más que la primera y le pareció más verosímil. Esperó, pues. Y mientras lo hacía, juzgó que lo más saludable habría de ser procurar a toda costa permanecer alejado de sus instrumentos de trabajo, del cuarto, de la mesa, de la casa, de la vista aquélla poblada de terrazas y aleros que tiempo atrás había sido escenario casi único de sus días.

Y como lo pensó, lo hizo. Se levantaba temprano, bajaba a la calle y gastaba la jornada entera dejándose ir de un lado para otro sin rumbo fijo. Regresaba tarde, comía y dormía lo justo para recuperar fuerzas, y otra vez volvía a sus largas caminatas. Si pocos contactos había tenido antes con la gente, este género de vida los suprimió todos. Ulises se había convertido en un peregrino, y su nuevo oficio no le permitía hablar con nadie. Aunque no había jefe que se lo mandara, él mismo se imponía la nueva obligación de andar con prisa y llegar cuanto antes a ninguna parte. Poco a poco fue olvidándose del propósito que había dado origen a todo aquello. Y el solo pensamiento de volver algún día a sepultarse en el cuarto, frente a la ventana y los tejados grises, le producía unas feroces ganas de reír.

Las caminatas fueron prolongándose. Al cabo de dos meses, las distancias eran tan largas, que se veía obligado a hacer noche en algún lugar - inesperado siempre- desde el que llamaba a Isabel por teléfono, avisando de que no regresaría hasta el día siguiente.

Una mañana se le ocurrió dar la vuelta a la Península Ibérica bordeando el litoral desde Guipúzcoa a Gerona. Se lo dijo a Isabel, y ésta lloró sin consuelo. Ulises tardó casi un año en alcanzar el cabo de Creus. La caridad y la suerte lo habían mantenido vivo. Enardecido por lo que había aún que recorrer, cruzó el Pirineo y se dirigió hacia el norte. En dos años llegó a Estocolmo, donde lo recibieron con banderas. Luego bajó al sureste, y cuando llegó a Nápoles, algo le dijo que la consigna era seguir otra vez hacia septentrión, en una ancha curva que le permitió conocer Albania, una esquina de Grecia y la ciudad de Belgrado. Para entonces ya era famoso en el mundo entero y los periódicos daban noticia de su trayectoria. En Belgrado hizo un alto de tres semanas. Desde allí mandó a Isabel una tarjeta postal, sin sospechar siquiera que la fiel sirvienta ya había muerto de soledad.

Aunque su agotamiento era infinito, Ulises supo que aún le quedaba una etapa más, antes de dar remate a la aventura. El último tramo, de este a oeste, necesitaba ser trazado según el modelo de una vaga sinusoide y debía tener su término en las playas de Biarritz. Si alguien le preguntaba por qué precisamente allí, se encogía de hombros. Ante la proximidad del fin, todo era confuso. Caminando, sus fantasías le traían a la imaginación un universo habitado únicamente por vastas letras. Estaba contento, y cuando vio el mar -sólo entonces- pudo averiguar las razones de su alegría: iba a morirse, había concluido la Odisea y había logrado pintar sobre la tierra de Europa, paso a paso, con gigantesca caligrafía, una magnífica *A*: la elegante inicial de su apellido.

LA HERENCIA DE TINO

Había pasado mucho tiempo y los años habían abierto innumerables brechas en la vida de Alejo. Pero a veces le quedaba tiempo para intentar restañarlas con la memoria. Se acordaba, por ejemplo, de que en el colegio al que asistía cuando era niño había dos profesores de dibujo, uno para el artístico y otro para el lineal. Era un colegio de pago que tenía sus cimientos en el corazón del madrileño barrio de Salamanca. Como era bastante caro, algunos chicos asistían a él con la ayuda de becas y préstamos especiales. Tal era el caso de Alejo. No le obsesionaba aquella inferioridad económica, pero de cuando en cuando tomaba conciencia de ella y se avergonzaba un poco.

La guerra civil había terminado unos años antes de que Alejo empezara sus estudios de primaria. Como iba andando al colegio, tenía ocasión de ver diariamente las huellas que la lucha había dejado en Madrid. Cruzaba grandes solares arrasados por los bombardeos; sorteaba fachadas y muros semiderruidos, agujereados por las balas.

Por las mañanas, durante los meses de invierno, se fijaba en los carboneros entrando y saliendo de los edificios que tenían calefacción central. Eran hombres tiznados de negro. Con un largo capuchón de cuero se protegían la nuca y los hombros cuando cargaban los sacos y los metían en el portal de turno. Se servían de un garfio con el que hacían presa en la arpillera. Inclinados bajo el peso que les echaban encima, parecían sumisos animales de carga.

También veía grupos de obreros de la construcción calentándose al fuego en las esquinas. Hacían una pequeña lumbre de astillas y extendían las manos sobre las llamas. Así se estaban unos minutos hasta que el capataz les daba señal de empezar la jornada. Al mediodía, cuando Alejo volvía a su casa para almorzar, los veía de nuevo, ahora recostados sobre el asfalto o dando patadas a un balón hecho de papeles y cuerdas. Eran sus minutos libres antes de regresar otra vez a la faena. Y por la tarde volvía a verlos, agotados y silenciosos, con la bolsa de los bártulos al hombro y el cigarro de picadura prendido al labio, caminando cabizbajos hacia la próxima estación de metro.

El colegio era de religiosos. La mayoría de los profesores habían hecho voto de pobreza, castidad y obediencia y se habían comprometido con Dios a dedicar su vida a la enseñanza. Vivían en comunidad. El edificio era grande, un antiguo hospital de estilo gótico, con anchas ventanas ojivales y largos pasillos de baldosas amarillas. En la última planta, la que daba a las terrazas, es donde tenían sus celdas los frailes. Almorzaban y cenaban con los alumnos internos, compartiendo con ellos las horas de comedor. El olor de las cocinas inundaba toda la planta baja. Eran bastos aromas de rancho: fabadas, cocidos, potajes. Las naranjas del postre dejaban impreso en el aire su sello inconfundible.

Sólo las asignaturas de dibujo, de educación física y de una cosa que se llamaba "Formación del Espíritu Nacional" eran impartidas por personal de fuera. El instructor de educación física era un falangista que se apellidaba Molinos y que en sus tiempos había sido corredor de media distancia. Su trabajo era bastante fácil: practicar con los chicos unas tablas de gimnasia sueca para las que ni siquiera hacía falta despojarse de la chaqueta y la corbata. El señor Molinos era un hombre menudo, de engomado pelo negro, con fino bigote. Se decía que el ejército de Franco, al cual había servido en calidad de alférez, le había concedido una medalla por su valor en los altos de Somosierra. También era de Falange el profesor de Formación del Espíritu Nacional. Alejo no recordaba su nombre. Se acordaba más del libro que usaban, un manual fascista para chicos, que contenía exaltadas oraciones a la Patria, a José Antonio y al Caudillo.

El profesor de dibujo artístico se llamaba don José María. Tenía la cara redonda, los ojos pequeños y medio escondidos entre gordos mofletes. La barbilla apenas sobresalía, hundida en ancha papada de grasa. El único rastro puntiagudo de aquel rostro circular era la nariz, afilada y larga como una alcuza. Los alumnos le habían puesto a don José María el mote de "Don Pinocho". Cosas de chicos.

Con don Pinocho las clases de dibujo eran una fiesta. Se hablaba, se cantaba, se hacían preguntas, se levantaba la gente para afilar lapiceros, intercambiar difuminadores y gomas de borrar, recoger y devolver láminas.

Las láminas solían ser de naturalezas muertas.

Alejo no dibujaba mal y recibía buenas notas en la asignatura. Pero un día estuvo a punto de echarlo todo a pique. En la necesidad de hacerle a don José María una pregunta sobre el dibujo que tenía entre manos, dejó el pupitre, fue hasta la mesa del profesor y, mostrándole su lámina, le dijo con la mayor naturalidad del mundo:

-Don Pinocho, ¿cómo tengo que sombrear esta manzana?

Por toda respuesta recibió un capón tremendo en lo alto de la cabeza y un insulto que brotó ininteligible de labios de don José María. No descubrió Alejo en aquel momento la razón de tanta violencia. Había hecho la pregunta de buena fe, y la única contestación que se le daba era un brutal golpe de nudillos que casi le había hecho perder el conocimiento. Como el agresor tampoco dio explicaciones, tardó Alejo en caer en la cuenta de cuál había sido su delito: un simple y bienintencionado *lapsus linguae*. Jamás pensó que un mote tan inofensivo como el de "Don Pinocho" pudiera molestarle tanto a don José María. Por fortuna, nada llegó a oídos del Director del colegio, y el tiempo se encargó luego de ir quitándole virulencia a la cosa.

La disciplina de dibujo lineal estaba a cargo de don Andrés Cerrillo, alias "Bigoteras". Se le había asignado este apodo porque don Andrés, hombre algo tieso y presumido, lucía espectacular mostacho de guías, lo mismo que el caballero d'Artagnan.

El dibujo lineal era bastante más aburrido que el otro. Además, requería el uso de compases, tiralíneas, escuadras, tinta china y raspadores: todo un instrumental que costaba una fortuna y que había que conservar cuidadosamente en unos estuches negros que parecían catafalcos en miniatura.

Aunque don Andrés era delineante de profesión, su vocación frustrada era la de Académico de la Lengua Española. En sus explicaciones de clase le gustaba impresionar a la gente con palabras exóticas. No toleraba la menor interrupción. Si un estudiante hacía ruido, le mandaba ponerse en pie:

-¡González! -gritaba.

-Sí, don Andrés.

-¡Bípedo!

Eso significaba que González tenía que levantarse y permanecer en posición de firmes el tiempo que hiciera falta. Si al castigado se le ocurría mitigar un poco el cansancio y apoyaba disimuladamente un pie en la pared, don Andrés reaccionaba inmediatamente:

-¡González! -rugía. ¡He dicho "bípedo" *y sin emitir pseudópodos.*

-De acuerdo, don Andrés, como usted mande.

Los problemas de dibujo lineal que don Andrés explicaba eran bastante sencillos, pero él se las arreglaba para complicarlos:

-Hagámonos una siquiera plausible, por no decir adecuada y justa, composición de lugar – peroraba "Bigoteras" ante la absorta chiquillería. Evidentemente, sería miel sobre hojuelas el que la configuración de una elipse fuera del mismo caletre que la de una circunferencia. Mas hétenos aquí que en la figura elíptica no hay equidistancias a un centro único. De ahí que su trazado requiera una serie de espinosos y, a las veces, no poco intrincados procedimientos a los que debemos prestar la atención debida. Ramonet, desplácese usted hasta el almacén y tráigame un paquete de tizas rojas.

A Ramonet lo tenía don Andrés de recadero. Era un muchacho rollizo y perfumado, hijo de un industrial catalán que había abierto en Madrid una fábrica de cristales. A don Andrés le encantaba desgarrar la envoltura del paquete de tizas que Ramonet le traía cuando tocaba explicar algo nuevo. No había razón clara de que fuese precisamente Ramonet el depositario de aquellos encargos, pero don Andrés había cogido la costumbre de dárselos y eso era ya suficiente.

De Ramonet se contaba esta anécdota: Años atrás, en clase de ciencias naturales, el maestro les estaba enseñando a los párvulos cómo se trasmitían los sonidos a través de los cuerpos sólidos. Y para hacer una demostración, le mandó a Ramonet que se acercase a la mesa y pegase el oído a la madera. Así lo hizo el chico, para lo cual tuvo que doblar el cuerpo hacia adelante. Era una mañana de invierno y el radiador de la clase estaba a tope. Como el aula era grande y de techo alto, los efectos del radiador eran muy limitados; pero si se ponía uno muy cerca, era otra cosa. Lo que el maestro quería era raspar ligerísimamente una esquina de la mesa para que Ramonet pudiese escuchar el rasgueo desde la esquina opuesta. Al inclinarse, Ramonet rozó el radiador con el trasero mientras el maestro empezaba a rasgar con una plumilla la madera del escritorio y preguntaba:

-¿Qué sientes, Ramonet?

-¡Calor en el culo, señor maestro! -exclamó el chico al instante, sin faltar a la verdad y para sorpresa científica de los presentes.

Ramonet era así. No tenía malicia alguna en lo que decía. Se contaba que en otra ocasión, habiéndosele preguntado en clase de Doctrina Cristiana quién era la Santísima Trinidad, el chico había respondido escuetamente:

-La Santísima Virgen.

El almacén donde le daban a Ramonet las tizas rojas era un cuarto oscuro y polvoriento en el que se apilaban cuadernos, falsillas, secantes, botellas de tinta, plumillas, lapiceros y otros objetos de papelería. El religioso que cuidaba de aquello era un hombre de piel verrugosa y amarilla a quien los colegiales llamaban "El chino". Era un individuo lacónico y descuidado, de manos grandes y sarmentosas, muy paciente con los chicos.

-Encontrámonos hoy -se arrancaba don Andrés esgrimiendo la nueva tiza entre sus dedos- ante un problema geométrico que, a no dudarlo, provocará en vuestro magín no pocas cavilaciones. Es, ni más ni menos, el problema de... (y ahí insertaba "Bigoteras" la palabra geométrica que iba a dar título a la lección del día).

A continuación añadía indefectiblemente:

-Tracemos primero la consabida línea que nos habrá de servir *a posteriori*...

Aquellos años que Alejo recordaba le parecían a veces años rosados y alegres, llenos de felicidad y de sentido. Todo tenía entonces explicación. En las clases de Doctrina -a cargo de un individuo de corta estatura y buche de rana que se llamaba don Gumersindo Lozano- las respuestas a los grandes misterios de la vida llovían sobre los alumnos en manso y abundante chaparrón. No quedaban rincones oscuros ni graves incógnitas. Cada cuestión podía resolverse con fórmulas inapelables y claras. Los chicos habían llegado a convencerse de que el ser humano era libre, de que Dios era bueno, omnipotente y justo; de que el alma era inmortal y el cielo eterno.

Otras veces la impresión de Alejo cambiaba. Como si hubieran sido marcadas en su cerebro con tinta indeleble, las amenazas del infierno se hacían de nuevo presentes. Era insufrible el pensamiento de que Dios iba a castigar a los malos con tormentos de fuego inextinguible.

-¿Qué dolor más intenso -les decía don Gumersindo- que el de una quemadura fugaz? Pues bien, imaginad ese mismo dolor, no sólo aplicado a un dedo o a una rodilla, sino a *todo* el cuerpo y para siempre, para siempre, PARA SIEMPRE.

Alejo había hecho algunas amistades en aquellos tiempos de colegial. Eran amistades que parecían indestructibles y perfectas. Alfonso Gutiérrez, por ejemplo. Ahora que Alfonso había desaparecido del mapa (probablemente también del mundo de los vivos), Alejo rememoraba su caso singular. Todos le llamaban Poncho. Era silencioso, listo, algo distraído en sus relaciones con los demás. Alejo y él estudiaban juntos, jugaban juntos al fútbol, compartían el pupitre, las pipas, las chufas, los caramelos, el regaliz. No intercambiaban grandes secretos porque no los tenían. Eran simplemente amigos en el sentido más directo, inofensivo, noble e inocente de la palabra. Luego se les unió un tercero, Tino Roldán. Tino era muy imaginativo y chistoso. Alejo notó desde el principio que Poncho y Tino conectaban de manera especial. Los dos empezaron a sacar la máxima nota en los trabajos de redacción. Por lo visto escribían muy bien, eran literatos en potencia. No excluían a Alejo del grupo, pero inconscientemente lo relegaban a un tercer puesto que él asumía con resignación y sin mayor resentimiento.

Así habían pasado la Primaria y el Bachillerato. En vísperas de ingresar en la Universidad, Poncho y Tino se marcharon a París en viaje de tres semanas. Dijeron que querían visitar la capital literaria de Europa.

-¿Te quieres venir? -le preguntaron a Alejo unos días antes de la partida.

-No, yo me quedo. Ya me contaréis.

Antes de la aventura parisina Tino se había comprado una bufanda y una boina negras. No se las quitaba ni para dormir. El dios Baroja y el estilo francés coincidían milagrosamente en esas dos prendas de atuendo. Ponérselas era algo así como el cumplimiento de una fatal obligación de la que Tino no podía desentenderse.

Poncho no había llegado a tanto. Su indumentaria permanecía inalterable, pero esta moderación en cuestiones de aspecto se compensaba con una entrega total a los ideales de su amigo. Pensaba como él, hablaba como él, gesticulaba como él. Poncho tenía por Tino una ciega adoración. Se trataba de una relación basada en los mecanismos de la esclavitud. Tino gozaba tomando la iniciativa y dando órdenes; Poncho disfrutaba viendo a su héroe brillar en las alturas, con la esperanza de que un rayo de aquella luz llegase algún día a alcanzarlo. Tino era el amo y Poncho el siervo, un siervo fiel y feliz. Todo ello, claro está, envuelto en abundante ropaje literario. Al volver de París, Poncho y Tino le contaron a Alejo cómo era aquello. Venían fascinados. Querían dar la impresión general de que en la capital de Francia habían descubierto la clave, el arcano, el misterio de las letras. Pero en cuanto descendían a detalles, lo que se entreveía en su historia era la experiencia breve y dolorosa de dos españolitos perdidos en una ciudad extraña y sórdida. Nada más.

¡Cómo no iba a acordarse Alejo de estas cosas! La posible trivialidad de tales recuerdos desaparecía por completo cuando se tenía en cuenta un hecho trágico que en cierto modo, sólo en cierto modo, venía a dignificarlos: Tino, a los veintidós años, había muerto de masivo ataque cardíaco, dejando estupefactos a todos los que lo conocían.

-Falleció esta madrugada -le anunció Poncho por teléfono, temblándole la voz.

-¿Cómo ha sido? -preguntó Alejo, atónito.

-El corazón, le falló el corazón.

Fin. The End. Kaput. A Tino se le había acabado la cuerda. Alejo lo veía de pronto correr por las anchas galerías del colegio con el hato de libros al hombro, o discutiendo acaloradamente con un compañero (a Tino le encantaba discutir de cualquier cosa, la vida sin discusión no tenía sentido para él), o con los ojos fijos en el pupitre pensando cómo dar comienzo a la redacción del día, o, ya más tarde, con la famosa bufanda anudada al cuello y la boina calada hasta las cejas, sorbiendo nervioso una taza de café.

-Ultimamente fumaba mucho -le explicó Poncho. Estaba pasando una crisis nerviosa tremenda.

-¿Por qué?

-No sabría decírtelo de fijo.

A fin de cuentas, ya daba igual. El amigo había muerto precisamente cuando iniciaba esa vida adulta en la que todos le habían augurado los más grandes éxitos.

Fueron memorables el funeral y el entierro. Alejo asistió puntual a las dos ceremonias, pero como testigo oculto, disimulando en lo posible su presencia. Desde la última fila observó perplejo, preguntándose una y otra vez qué sería de Poncho ahora, en quién depositaría toda la admiración, todo el afán de servidumbre y de aplauso que antes dedicaba a su ídolo.

Una vez enterrado Tino, como si las paletadas del sepulturero hubiesen marcado el inicio oficial de una nueva etapa, Alejo y Poncho habían dejado de verse. Sin proponérselo de modo consciente, cada uno había seguido derroteros diferentes. Hasta que un día coincidieron en la terraza de un café literario próximo a Cibeles.

-Pero hombre, Alejo, cómo tú por aquí.

-Qué hay, Poncho. Cuánto tiempo sin vernos.

Alejo había salido a pasear. Pronto terminaría su Licenciatura en Filosofía y Letras para enfrentarse a un futuro profesional cargado de incertidumbre.

La verdad es que los viejos amigos no tenían mucho de que hablar. A Poncho, con una cerveza en la mano derecha y un cigarrillo en la izquierda, lo acompañaba una chica muy joven.

-Mira -anunció haciendo ademán de levantarse. Voy a presentarte a Refugio, una buena amiga mía.

-Hola, Poncho -dijo ella sin moverse. ¿No te acuerdas de mí?

-Pues, no, la verdad. Tengo tan mala memoria... ¿Nos conocemos de la Facultad?

-Refugio no va a la Universidad. Sólo tiene dieciséis años -aclaró Poncho tratando de disimular su inquietud.

-La última vez que nos vimos -recordó la chica entornando los ojos- fue cuando todavía estaba yo en primero de bachillerato. Una niña de pecho, como quien dice.

Se rieron los tres.

-Siéntate, hombre, siéntate con nosotros -le invitó Poncho a Alejo. ¿Qué tomas?

Volvían a aparecer las galerías amarillas del colegio. Tino, aprovechando que el profesor de francés había tenido que ausentarse de clase, había desafiado en voz alta:

-¿Quién se atreve a venirse conmigo a las barcas del Retiro? Venga, ¿a que no tenéis huevos?

Todos se habían quedado clavados en los pupitres mientras Tino, sin perder aparentemente la calma, se dirigía a la puerta, la abría con sigilo y echaba luego a correr por el pasillo embaldosado hasta perderse de vista. Al día siguiente todos lo habían mirado como se mira a un ídolo.

-¿Te vio alguien, Tino?

-¿Fuiste a las barcas?

-Claro que fui. Sois todos una panda de caguetas.

(Después Alejo y Poncho se enteraron de que lo del Retiro había sido un farol. Tino no se había escapado del colegio para irse a remar. Tenía permiso para salir antes de la hora. Su madre estaba esperándolo a la puerta para llevarlo al dentista.)

-¿Qué tomas? -insistió Poncho.

-Nada. No voy a tomar nada. Tengo que dejaros dentro de un momento -se explicó Alejo.

-Agárrate -le advirtió Refugio. La última vez que te vi estabas con mi hermano y con éste.

-¿Tu hermano?

-Sí -terció Poncho. ¿No la reconoces? Refugio es la hermana de Tino. Yo la llamo Refugio pero su verdadero nombre es María del Refugio

-Ah, sí, claro -fingió recordar Alejo. ¿Y qué haces ahora?

-Estudio Secretariado; mecanografía, algo de ordenadores, cosas así. Nunca me han gustado los libros, como no sean para decoración. A Tino sí que le gustaban, o por lo menos eso decía. Bueno, qué os voy a contar a vosotros que lo conocíais mejor que yo. ¿Me dejas? Tengo que ir a los servicios, que estoy haciéndome pis con tanta caña.

Refugio se había levantado y rodeaba el pequeño velador estirándose la minifalda. Poncho la vio alejarse y le explicó a Alejo con indiferencia:

-No vivo con ella. Salimos sólo de vez en cuando y nos acostamos juntos algún fin de semana. Eso es todo.

-¿No pudiste encontrar otra? Es menor de edad y hermana de un amigo muerto.

Poncho se encogió de hombros. Con gesto de hombre débil bajó los ojos diciendo:

-¿Te acuerdas de aquellos tiempos? Por horrorosos que fueran, se echan de menos. Fue duro perder a Tino, hacer frente a lo nuevo, empezar de verdad, ¿me entiendes? Refugio es como una especie de prolongación.

-¿Tienes intención de seguir con ella?

-No lo sé.

-¿Quién lo va a saber, si no?

-Mira, Alejo: hablo de una solución provisional. Pasará el tiempo, y ya veremos. Además, fue ella la que se arrimó a mí.

-¿Será la herencia de Tino?

-Será. No se me había ocurrido pensarlo en esos términos, pero a lo mejor es así. La herencia de Tino: algo que en cierto modo me corresponde y que necesito de momento...

Un escalofrío sacudió el cuerpo de Alejo. Dudó unos instantes. Luego se levantó bruscamente y echó a andar sin volver la cabeza y sin prestar atención a las voces de Refugio. Ella había regresado de los servicios y lo llamaba a gritos para saber qué había pasado entre los dos amigos durante su breve ausencia.

Otros títulos publicados por
Ediciones Nuevo Espacio

Ediciones Nuevo Espacio
http://www.editorial-ene.com
ednuevoespacio@aol.com